刘运华

著

大围山下

百花洲文艺出版社

图书在版编目（CIP）数据

大围山下 / 刘运华著. -- 南昌 : 百花洲文艺出版社, 2025.1

ISBN 978-7-5500-4966-6

Ⅰ. ①大… Ⅱ. ①刘… Ⅲ. ①报告文学 – 中国 – 当代
Ⅳ. ①I25

中国国家版本馆 CIP 数据核字（2023）第 021303 号

大围山下

DA WEI SHAN XIA　　刘运华　著

出 版 人　陈　波
责任编辑　杨　旭
特邀编辑　欧建龙
特邀策划　张立云
装帧设计　云上雅集
出 版 者　百花洲文艺出版社
社　　址　南昌市红谷滩新区世贸路 898 号博能中心一期 A 座 20 楼
电　　话　0791-86895108（发行热线）0791-86171646（编辑热线）
邮　　编　330038
经　　销　全国新华书店
印　　刷　长沙市精宏印务有限公司
开　　本　889 毫米 × 1194 毫米　1/16
印　　张　19
字　　数　300 千字
版　　次　2025 年 1 月第 1 版
印　　次　2025 年 1 月第 1 次印刷
书　　号　ISBN 978-7-5500-4966-6
定　　价　98.00 元

赣版权登字 05-2023-460

网址：http://www.bhzwy.com
图书若有印装错误，影响阅读，可与承印厂联系调换

■ 黎福根近影

■ 黎福根董事长与本书编辑小组成员合影：黎福根（右二）、欧建龙（左二）、李虎（右一）、王圆夫（左一）

前言

新时代　新征程　新伟业

欧建龙

　　新的时代，奔赴新的征程，创造新的伟业。当前，中国正处于伟大复兴的变革时代，强国复兴的重任自然而然地落在了国企、民企的肩上！

　　改革开放 40 多年来，我国民营经济从无到有、从小到大、从弱到强，不断发展壮大，为社会主义市场经济发展、农村富余劳动力转移、国际市场开拓等发挥了重要作用。民营企业是中国经济的半壁江山，为国家贡献了 50% 以上的税收，60% 以上的 GDP，70% 以上的技术创新成果和 80% 的城镇劳动就业，在中华民族伟大复兴和中国经济崛起过程中同样是一支不可或缺的力量。国家相继出台的一系列政策，极大地激发了人民群众的创业热情，一大批民营企业脱颖而出，许多新产业、新业态、新模式中都有民营企业的身影。他们迎难而上，苦修内功，千方百计求发展，展现出无比的韧性与活力，特别是在双碳形

■ 丰日集团总部和研发中心

势下，储能及新能源汽车领域，无论是电池还是整车，民营企业都走在行业前端。他们在强国复兴的伟业中发挥着重要作用，做出了重大贡献。

《大围山下》中的丰日电气集团股份有限公司（以下全文简称丰日集团），就是千万家优秀民营企业中具有代表性的一家，它展示了一群生龙活虎、朝气蓬勃的新型农民，来不及洗干净脚上的泥土，便奋不顾身地投入到社会主义新农村建设中去。他们万众一心、不辞辛苦、手挖肩扛、艰苦创业，用自己的辛勤劳动，谱写了一支支壮丽的强国复兴的赞歌。

黎福根说：丰日集团在浏阳革命老区这片热土上，沐浴着党的改革开放的春风，依靠湖南省人民政府、浏阳市人民政府始终坚定不移地支持民营经济发展，关心民营企业的进步，优化营商环境，扶持民营企业做大做强的各项政策的关怀备至，凭着公司全体员工的共同努力和艰苦奋斗，已经发展成为资产几亿元企业，生产基地遍布湘、鄂、赣，成为湖南民营企业中的佼佼者，心中的感激之情盛于言表！

《大围山下》报告文学编辑部正是出于这种强烈的使命感，用纪实文学的形式，真实记录了丰日集团黎福根董事长历经艰难险阻、攻坚克难研发蓄电池、电源电气系列产品的创业史，丰日集团公司的成长史、全体员工的奋斗史及其回报社会和父老乡亲的动人事迹。

《大围山下》描述了42年来，共产党员、退伍军人黎福根响应党的号召，在改革开放的道路上，坚定初心、奋不顾身地投入新农村经济建设，带领乡亲们战天斗地、脱贫致富之博大情怀。从农村到部队，从军人到农民，他用初心、勤劳、智慧、善良和对事业及建设社会主义新农村的执着追求，在希望的田野上，践行着共产党员的初心、砥砺前行的意志和卓越奉献的高尚品质，展示了民营企业家在伟大复兴征程中为国为民责任担当的家国情怀！

著作《大围山下》以写真纪实的报告文学形式，再现了黎福根当年艰难创业中生动感人的可歌可泣的创业图景，以及丰日集团、福悦公司全体员工全力以赴、奋力拼搏、以企业为家的精神和砥砺前行的经历……从那一个个生动鲜活的故事、一幅幅如火如荼的生活画卷中，我们看到了中国民营企业在强国复兴伟业中奋进的足迹，听到了大围山人民大踏步前进的脚步声。

我们知道，创业是一项卓越的系统工程，需要热爱祖国，热爱家乡，脚踏实地地做事，勤恳诚信地做人，也要有敏锐的眼光和智慧、勤劳善良和乐于奉献的精神、敢于担当社会责任的人生阅历。可见，企业家创业之路是艰难的，往往历经坎坷。很多年轻人想创业，想有自己的一份事业！可您想过没有，应该怎样去创业？怎样才能创业成功？因为，任何成功都不是一蹴而就的。而《大围山下》报告文学中的主人公丰日集团的董事长黎福根，以他高瞻远瞩的气魄，带领我们走过了艰难困苦和励精图治的岁月，分享了丰收成功的喜悦，也从此领略到强大的中国已经崛起！他那敢闯、敢干、敢拼、坚持不懈的创业精神，极大地激起了我们奋发向上的勇气和奋进的力量，值得准备创业和正在创业的人学习或借鉴。

同时，创业者的亲身经历告诉我们：征途漫漫，离不开奋斗和毅力！

创业者，努力奋斗吧，祝您一帆风顺！

以上谈的是一点个人感受，权作写在前面的话吧。

（欧建龙系湖南省委组织部原《远程教育》杂志编辑。）

目录 MULU

上卷　创业路上续军魂

中卷 初心铸就幸福路

■ 丰日集团总部

下卷 坚定初心 牢记使命

大围山下

上卷

创业路上续军魂

「我在这块土地上出生，也在这片土地上开创了自己的事业和辉煌。我感谢党的改革开放政策，给了我创业的机会，因此我时常心怀感恩，感恩时代造就的机遇，更感恩哺育我、培养我的家乡和父老乡亲。」

——黎福根

第一章 神奇的大围山

　　在湖南境内，有一座神奇的山——大围山。大围山矗立于浏阳东部湘赣交界处，西距省会长沙 99 公里，东临江西铜鼓，南接万载，北靠平江，总面积 7 万亩。群峰逶迤，层峦叠嶂，盘绕 150 余公里，故名大围。它的最高峰七星岭，海拔 1607.9 米，古人曾赞美它为"南衡七二峰峦外，别样岩峣足胜游"。山高俊貌，鸟语花香，四季如春，犹如蓬莱仙境。

　　相传大围山以前是一片平原，张果老挑一担泥土经过此地时，扁担一断，泥土呈环状掉在这片平原上，就变成了山……

　　传说，王母娘娘的七个女儿向往人间美景，她们在云头上看到大围山群峰竞秀、古木蓊郁，便一同偷偷溜出天宫，飞落大围山上。这里百鸟歌唱，麋鹿欢舞，山泉弹琴。她们在林间草地上嬉戏，在山顶湖泊中沐浴，她们解下身上的彩带尽情地向四周抛撒，犹似撒下满天花雨，顿时满山姹紫嫣红，这就是现在数千亩的高山杜鹃。她们回天宫前，每人拔下头上的一根玉簪留作纪念，山头立时崛起大块柱石，被人们称为"七星望月"，那山称为"七星岭"，那湖称为"天星湖"……

大围山有着悠久的传说和近代革命历史红色文化的传承。这里风景优美，民风淳朴，古往今来，流传着许多美丽的传说。这些传说，给大围山人留下了美好的向往和生命不息、奋斗不止的精神传承。然而，特别令人瞩目的是，大围山是革命的圣地、摇篮，是浏阳革命老区的重要组成部分。

大围山莽莽苍苍，绵延千里，巍峨耸立，直指蓝天，壮观的浏阳河之源——自千嶂万壑之中左突右转，奔腾而出，汹涌澎湃，以摧枯拉朽之势滚滚西去。自此，几十里浏阳河水路几度伟人出，成就了英雄大业。

■ 大围山国家森林公园、大围山地质公园

　　一首民歌绝唱《浏阳河》气贯山河，划破星空，传唱于民间："浏阳河，弯过了几道弯，几十里水路到湘江……"这首唱响全国、风靡全球的浏阳河之歌，因昔日从这条水路走出的伟人和英雄之多而令人瞩目。

　　巍峨的大围山，是浏阳的象征，浏阳人民素以勤劳勇敢、坚毅淳朴著称。在这块古老而神奇的土地上，居住着汉族、蒙古族、回族、藏族、苗族、壮族、朝鲜族、满族、侗族、瑶族、土家族（许多是外省移民来的）等十一个民族，所以构成了多姿多彩的风土人情。

　　革命老区浏阳这片热土上，真是人杰地灵，能人辈出，生生不息，令人神往。

　　她孕育了灿烂的浏阳河文化，铸就了大围山精神，虽然这些先贤已随历史长河远去，但他们的精神却流芳千古，激励着世世代代为之前赴后继。在当年先烈们的鲜血染红的这片沃土上，如今早已是芳草青青，茂林修竹。这一山一水、一草一木无不饱含深情，令人赞叹不已。

第二章 大围山下丰田村

这里是大围山下一片古老的土地。

清晨，人们披着星光，闻鸡起舞，扛着简单的农具，沿着前人踩出来的条条小道走向希望的田野。

傍晚，人们戴着月色回家。谈不上欢喜，也谈不上娱乐和享受，为了省一滴灯油，人们在星光月色下吃完晚饭，坐不上一会儿，便把自己劳累的身体放倒在了床上。

路，就是这样走的。日子，就是这样过的。至于什么修公路呀，发家致富呀，时至20世纪80年代初，这些似乎连想都没谁想过。

这里是大围山下的丰田村，有的人说"丰田"这个名字取得好，可是自古以来这里的村民一直过着十分清贫的生活。

因此，浏阳人没有几个知道丰田村的，这说来也就不足为奇了。

丰田村位于浏阳市的东北端，边界线长达23公里，有13个村民小组，300多户，2000多村民。丰田村地形复杂，环境特殊，居住的人口分散，住得离达浒拦河坝水电站最近的约4.5公里，住得远的，到了与平江交界的鹿角坪，离水电站足足有23公里。丰田村与这些周边村都建立了亲密友好的睦邻关系。

1951 年，坐落在大围山这片秀水青山之下的达浒镇丰田村孕育出了一个传奇式的人物——黎福根。

他出生在一个普通的农民家庭。那一年，新中国成立三年了，农民有了自己的土地，人民已经当家作主，社会主义建设展示出蓬勃的生机。一位慈祥的老人怀抱着刚出生的男婴儿高兴地说："我们黎家有根了，今后的日子会越来越幸福的，这是我们丰田人的福根啊。儿子的名字就叫福根吧！"父亲在儿子的名字上寄托了丰田村人会越来越幸福的愿望，当时谁又会知道这个名字真就是一个卓有远见的预言呢！

——这个预言在若干年之后得以印证。1982 年村民们在黎福根的带领下，创建丰田烟花材料厂，并在国内率先将废钛应用于浏阳传统的烟花产业，开创了浏阳花炮界前无古人的伟大创举，取得了巨大的

■ 大围山下的丰田村一隅

■ 黎福根正在抓紧空余时间刻苦努力学习

成功，带动丰田村走出百万富翁 20 多户、千万富翁 10 多户。全体村民脱贫致富，开跑车、住别墅，早早地跨入了小康社会——丰田终于丰起来了。

　　小时候，家庭生活条件不好，黎福根早早就很懂事。同时，聪明伶俐的他，从小深受革命老区大围山红色文化的熏陶和良好的家训教育，上学后，发奋学习，成绩优秀，并常常助人为乐，帮助老人和比他小的孩子做些力所能及的事。他的勤劳和智慧，淳朴和善良，赢得了乡亲们的喜爱和信赖。他从小就立志，长大后要干出一番事业来，带领乡亲们过上好日子，从此这颗初心便成为他恪守一生的做人之本。

虽然出身贫寒，但却心存大志。

1972 年初冬，黎福根已经长成了身材魁梧的汉子，为报效祖国，他做出了惊人的决定，不顾家人阻挠，毅然报名从戎，参加了中国人民解放军。那天乡亲们给他戴上了参军光荣的大红花，敲锣打鼓把他送到人民公社，他受到公社领导和部队接兵领导的热烈欢迎。当穿上军装的那一刻，他深情地向乡亲们敬上了第一个军礼，并表示到部队一定好好锻炼，不负乡亲们的重托。

参军，改变了他的人生轨迹。

黎福根，这位铁骨铮铮的大围山汉子，在人民解放军这所大学的熔炉里锻炼成长。服役期间不负乡亲们的重托，黎福根在部队多次被评为优秀先进个人，并光荣加入了中国共产党。1976 年，黎福根谢绝了军队首长的挽留和上军校的机会，告别了军营，毅然回到生养自己的家乡——大围山下丰田村这片充满希望的田野。

第三章　从军营回到希望的田野

俗话说："一方水土养一方人。"

自古有山林、有水源、有土地，就有开发者、耕耘者、播种者。而山林、水源、土地就是财富。更何况这里还是一片充满希望的田野。

然而，这么多年来，丰田村怎么就丰不起来？历史，有时往往就是这样玄妙。

忽然有一天，一个敦实、果敢的汉子从军营中走来，面对莽莽群山尽情一吼——"大围山，我回来了……"顿时山谷里回荡着一连串"我回来了我回来了我回来了……"

——这个汉子就是黎福根。

黎福根在这块热土上土生土长，一回到丰田村便很快和乡亲们融为一体。特别是几年的军旅生涯，练就了他敏捷的思维、雷厉风行的军人魄力和做事风格，尽显了他的聪明才智和管理能力，村民们都看在眼里，记在心上。因为他的到来，乡亲们有了主心骨，大家都对他寄予厚望，很快便推举他当了生产队长。

他的成长是扎实的，一步一个脚印。

在丰田村，黎福根先后担任过多年的生产队长、大队主要领导。最初那些年，尽管他全心投入，由于大山的阻隔，村里经济基础薄弱，但收效甚微，乡亲们还是过着清贫的生活。他看在眼里，急在心上，常常敲打着头脑自问是哪个环节出了问题。

在黎福根担任村两委主要领导期间，改革开放的春风吹来了。村里建立了联产到户、包产、包干到户、到组等农业生产责任制，他深感村两委肩上的担子沉重。一方面，他常常与村两委领导班子活跃在广大村民中间，代表村党政领导下村嘘寒问暖，走访、调查、了解村民们的生活疾苦，掌握解决当前问题的第一手资料，广泛宣传"农村无农不稳""民以食为天，吃饭是头等大事"，组织村民们全力以赴，种好自己的责任田。

下村归来，村两委认真分析了丰田村的现状。丰田村虽然在生猪养殖、苗木及大棚种植的技术方面较有优势，但在全村还没有得到普及和推广。他认为，要解决村民们的温饱问题，就必须有家庭实体经济做支撑，这样日子才能蒸蒸日上。大家一致认为应该进军养殖业，因为养殖业见效快。

在前期的养殖推广过程中，黎福根不辞辛苦，常常去市场了解行情，再结合各户村民的居住环境、养殖条件等实际情况，决定可行性方案。在他的动员和帮助下，全村的养殖产业逐渐步入正轨，规模不断扩大。同时，村委建立了养殖技术辅导站，有专人对村民们进行技术辅导或上门检查，并且负责组织收购，让村民们没有了后顾之忧。全村养殖行情可观时，养猪能达到近 1000 头，年收入可达百万元。除了生猪养殖，又增加了养牛、养鸭、养鸡、养羊、养蜂等养殖业。

见多识广的黎福根深知：在农村，没有农业，人们吃不上饭；如果只靠农业，人们只能吃上饭，谈不上有钱；只有将农业和工业及商业三者结合起来共同发展，丰田人的口袋才能鼓起来。不搞村办企业解决不了丰田人的贫困问题。丰田必须有自己的企业，并且一定要将丰田的农业和村办企业、商业三者结合。否则，要想丰田村丰起来，丰田人富起来只是一句空话。

但是，想要改变这里的一切，让丰田村的乡亲们过上更好的生活，总得有一个人来带头。由谁来担任村办企业的领头人呢？这个问题久久萦绕在黎福根的脑海之中。他想，自己是共产党员，又是退伍军人，关键时刻，自己不上谁上？为了使丰田村早日丰起来，丰田人早日富起来，黎福根做出一个大胆的决定：向乡党委、乡政府、村两委辞去各项工作，承包村办企业。乡党委、乡政府、村两委审时度势，大力支持他的这一决定。

人们不禁要问，放着大好前程不要，他究竟想干什么？

是初心勾起了儿时的理想：他立志长大后要干出一番大事来，带领乡亲们过上好日子。

年轻的黎福根不知苦挨了多少年。现在，机会终于来了。冥冥之中，他强烈地感觉到历史将要赋予他一个沉重的使命。当乡党委、乡政府、大队决定按照企业改革的精神，对社办企业进行经营体制改革，实施承包经营时，黎福根激动了。

面对机遇，当时的黎福根尽管心潮起伏，可头脑却异常清醒。他知

■ 黎福根（中）和他的战友们合影

道，要当村办企业的领头雁，肩上的担子不亚千钧！

黎福根沐浴着改革的春风，他想："丰田村到了我这一代，就要开创出新的一片天地来，让丰田村丰起来，让丰田人富起来。"于是，黎福根带领丰田人开始了创业之路，这一年是 1982 年。

困难和压力出人意料地大。黎福根不打无准备之战，他很懂市场，在乡里和大队决定对社办企业进行公开招标承包经营之前，他就一边认真学习相关文件，一边进行市场调查。他想，在大围山下这块交通不便的地方，能办什么企业？生产什么产品呢？

春寒料峭，冷得让人直打哆嗦，而他却跑得热气腾腾。一天，他不知不觉走到了浏阳的鞭炮市场，一看到那些大卷小卷、大包小包各种形状的鞭炮，他猛然意识到浏阳鞭炮历史悠久，誉满全球。"我怎么把这茬给忘了呢?"他高兴得只差手舞足蹈了，这真是踏破铁鞋无觅处，得来全不费工夫啊。于是他马不停蹄，调查鞭炮生产的原材料及其生产流程。

经过一段时间的实地考察，他把精心搜集的资料整理好，更进一步托关系了解浏阳鞭炮厂的生产、经营历史，虚心向有经验的老同志请教。

一些亲朋好友纷纷前来，或劝阻或暗示，要他别放弃大队干部这个安稳的工作，去接手烂摊子。

他笑了，回答得干脆利索："我是军人出身，军人意味着什么? 一旦选择了目标就只知道前进，从不考虑退却。"

目标定下来了，可是总不能单枪匹马干吧? 于是，他找到三个同村的儿时的好友熊发成、李成美、黎茂辉，他们也都是退伍军人，四人一商量，一拍即合。

废旧金属冶炼，顾名思义，就是捣弄废旧金属的，这是大伙和一些村民提出的建议，黎福根经过实地考察，决定上马。原因一是无须太多的资金；二是技术设备要求也较简单。经商量，大家一致赞同。

首先是选址。当时大队清贫，没有多余的空房，在万般无奈的状况下，地址被迫选在了生产大队一间破烂不堪的废弃猪圈，在猪场门口挂起了一块"丰田废旧金属冶炼厂"的招牌。

接下来黎福根率几名退伍兵在大王庙后山坳挖出一块平地，用楠竹、木桩围着，顶上盖些石棉瓦，里面放着跟废品差不多的一个黑乎乎的铁炉子，旁边还放着几样诸如木炭之类的东西。全部"厂"房不过如此，"厂"内家伙也就这么几件。有人忍不住笑了起来：这就是"厂"

■ 最初的"丰田废旧金属冶炼厂"

呀！言下之意，这不是小孩玩"过家家"吗？有人见黎福根与李成美等人在"厂"里忙碌，感到不可思议：黎福根怎么会"这样"呢？面对人们的嘲笑，黎福根也笑。当然了，若要从笑的不同含义来分析，这两种笑一种是开玩笑之意——不信；一种是善意的笑——自信！

很快，黎福根便从信用社拿到3000元贷款，终于有了办厂的启动资金。这家冶炼厂主要生产用于鞭炮的原材料：铝镁合金粉。

丰田废旧金属冶炼厂就这样办起来了。

黎福根、李成美、黎茂辉、熊发成四位普通退伍兵办起的丰田废旧金属冶炼厂——就是军人的初心，就是军人的本色。他们永葆军人本色，不忘初心，砥砺前行，将要在这穷乡僻壤的大围山下开始生产主要用于鞭炮制造的原材料铝镁合金粉了。

第四章　创业之初的第一桶金

　　黎福根常说：当兵的人不服输，是因为在他们头脑中根本就没有"输"这个字，就是这种坚强的毅力和坚定的信念，培养了军人永不认输、勇往直前的精神。

　　面对如此艰难困苦的恶劣条件，四个退伍军人凭着不服输的毅力和信心，想方设法，有条件上，没条件创造条件也要上，他们雷厉风行，说干就干：

　　——没电，采用以水车带动水能做动力，用水碓加工钛粉。将水电从达浒架设进村，起初因经费困难只能竖木电线杆，后来为安全起见换成了水泥电线杆。

　　——没路，就靠着肩扛手提扁担挑，运送原材料和产品。先后修成了3米宽的机耕路，改进修整了5公里简易公路，再拓宽至6米宽，最后铺成9米宽的水泥路。

　　尽管做了一段时间的准备，但要开创全新的事业，仍然是困难重重。因为，这是创建丰田村前无古人的事业。他们手里只有3000块钱，尽管精打细算，可还是捉襟见肘。好不容易布置好场所、办好工商注册登记、购置了设备和原材料……任何一项具体的事务黎福根都亲力亲为。在他们不分昼夜的辛勤忙碌下，丰田废旧金属冶炼厂终于开始运转了。

浏阳是历史悠久的鞭炮之乡，全县有大大小小数百家鞭炮厂，鞭炮从业者达数十万。黎福根了解到，这些鞭炮厂对原材料的需求量很大，所以当初才决定搞这个。

他们费了不少周折，从成都峨嵋机械厂购回了一吨废镁，计人民币 1800 元，又从废品回收公司买回一吨铝，计 200 元。

土法子冶炼铝镁合金工艺流程其实也不复杂。铝的熔点高于镁，先将铝倒入坩埚，用燃烧的柴油加温，待铝熔化后再倒入废镁，然后搅拌，倒出，成锭，冷却后的铝镁化合物属性很脆，用普通的粉碎机就可以将铝镁合金打成粉末。

用土法子生产铝镁合金粉的过程中，黎福根他们在实际操作中，自己发明和改造了土喷油嘴。喷油嘴原本是柴油机上一个重要的零部件，其功能是使原油雾化之后再燃烧。铝镁合金的冶炼，既然使用的燃料是废柴油，也就需要雾化处理。偌大一个笨重的坩埚，如何使柴油雾化呢？黎福根经过反复琢磨，又在纸上比比画画，终于设计了一个硕大的"喷油嘴"——把盛装柴油的桶悬挂起来，在坩埚旁设置一台鼓风机，当柴油通过管子流到鼓风机旁时，立刻被均匀的风吹成了毛毛细雨般的雾状，使得坩埚底部的柴油得到了充分燃烧。这样既节约了燃油，又提高了功效。

丰田废旧金属冶炼厂生产的第一批铝镁合金粉产品，卖给了浏阳

■ 简陋的 "厂"

出口鞭炮厂，每吨 6000 元，合计 11 000 元。这也许是一个微不足道的数字，但却是丰田废旧金属冶炼厂办起来之后赚得的第一桶金！村民们都看在眼里。

农民是最看重实际的，丰田废旧金属冶炼厂的成功，引起了人们的注意。而这时候获得一份可以由自己作主耕种的责任田的狂热，也随着时日的推移渐渐冷却。村民们感悟到，由于生产力水平低，再加上天灾，达到温饱要求并非原来想象的那么容易，因而要求到丰田废旧金属冶炼厂做事的人越来越多，就连曾经嘲讽等着看笑话的人也找上门来。

面对这一张张熟悉的面孔和充满希冀的眼神，黎福根感慨万千。以他心地善良、乐于助人的秉性，黎福根真恨不得将所有愿意来的人都接收进厂，有活大家干，有钱大家挣，让丰田人共同富裕起来，皆大欢喜，何乐不为?！可是，以当时"厂"里简陋的设备和有限的资金，要满足众人的要求，显然是不现实的。

第五章　出差路上偶遇废钛
浏阳鞭炮锦上添花

那是一个偶然的机会。

一天，黎福根出差路过宝鸡有色金属加工厂，正好碰上该厂焚烧废钛屑，焚烧的废钛屑飞溅出的五光十色的火花在空中绽放，好看极了。

这一幕恰好被路过的黎福根看到了，他立马顿足，凝视着五颜六色的火花，灵光一现，突发奇想：如果将这些废钛屑回收利用，做成花炮原料，岂不是为浏阳的鞭炮行业又增加了一种新的生产原料。

想着想着，他便鬼使神差般走进了宝鸡有色金属加工厂。

该厂业务科科长接待了这位不速之客。

黎福根很有礼貌地询问了焚烧和处理废钛屑的情况，没想到宝鸡有色金属加工厂竟然不知道废钛屑还有其他作用，因此将废钛屑当作工业垃圾处理了，他觉得太可惜了。

当黎福根说明来意，打算弄一点废钛回去加工做花炮原材料时，那位科长说：你能利用，我不要钱，你派人来车间打扫卫生，我还付工资。因为钛强度高，又带韧性，无法粉碎，所以回收公司都不要，那位科长无偿送了他300公斤。之后，黎福根又派人来运过两次。

当黎福根风尘仆仆地将装满废钛屑的几只纤维袋运回丰田村时，许多人围拢过来观看，一个个都觉得很新奇，问这问那的。李成美秉性谨小慎微，他提出，一是这金属钛如何能弄成粉，二是花炮厂会不会要。黎福根亲自跑到一家鞭炮厂了解情况，被告知，如果是粉末钛，那当然是上等的好原料，可要把钛捣弄成粉谈何容易！也正是由于这一原因，一直以来从没有人试过用钛粉做花炮原料。

从来没有人尝试过？听到这话，黎福根便来了劲头。

他毫无保留地说出自己的想法，便有人担心地抓起一块废钛敲了敲，问道："这么硬的东西，能弄成粉吗？"

"当然可以！"围观者中立刻有人朗声答道。

循声望去，原来是本村的一位读书人，曾就读某重点大学，现在在乡政府企业办工作，是全村乃至全乡为数不多的知识分子。

在众人一片敬佩的目光下，那位读书人接着说出的一番话却又无异于浇了一瓢冷水！他尽量用农民听得懂的语言说明，钛在粉碎之前需要氢化，然后还有一系列处理工序，光这一套设备就需要几十万元。

这一番话让大家面面相觑，一下子都愣住了。

而此时的黎福根却胸有成竹地说：这次我要来一次技术革命，用土办法粉碎废钛屑。

他的初步设想是，将原来生产队废旧的柴油机做动力，带动打猪饲料的粉碎机。开始，废钛片不仅没有打碎，反而把粉碎机上的叶片给打坏了。其实这也在意料之中，因为钛比饲料硬得多，普通粉碎机上的叶片如何承受得了？参与这项工作的黎茂辉建议从动力、叶片等方面予以改进。

　　黎茂辉承包的锯台已停产多年，他将那部 20 马力的柴油机投入使用，便解决了增加动力的问题。为了加强粉碎机上叶片的硬度，增加耐磨性，黎茂辉予以改装，将带锯皮加工成叶片，锯皮比叶片厚，又是上好的钢材。经过这样的反复改进，废钛经过了第一次粗加工，筛选之后，重新倒入粉碎机，再进行第二次粉碎。眼看废钛就要成为粉状，黎福根、黎茂辉以及其他旁观者正要松一口气，认为大功告成的时候，没想到，钛毕竟是金属，加工容易起火。但见五颜六色的焰火腾空而起，在旁边的黎福根和李成美忙浇水，可是一浇水，打成的钛粉立刻结成了块。李成美见状，像只泄了气的皮球，苦笑道："看来粉碎机的办法不行，怪不得别人笑话。"黎福根却沉思不语。

　　显然，用粉碎机打钛粉，尚有一系列具体问题需要解决。

第六章　古为水碓舂谷米
今为水碓舂钛粉

如何突破粉碎钛的难关呢？黎福根贴出一张告示，谁解决了这个问题奖励 1000 元。告示贴出后，几乎天天有人在告示下议论，当然也不乏登门献策之人。

一天，黎福根路过一家正在打米的水碓房。在山区，这种古老的碾米方法有着悠久的历史，他停住脚步，见水碓在无人守候的情况下，随水流的撞击有节奏地运作，他眼前一亮，脱口而出："用水碓代替粉碎机。这不就是办法吗！我们山区水资源丰富，历来使用水碓舂米，如果用水碓来舂钛粉，连柴油机、粉碎机等都省了，真是太好了！"

黎福根把这个想法和大家一商量，大家都说是好办法。说干就干，黎茂辉立刻背着半纤维袋钛片来到附近一家水碓房，把水打开，一股溪水源源不绝地流淌而下，撞击着一只硕大的木轮，木轮吱吱地转动，水碓上的麻石碓坨便一下一下连续不断地舂着碓子里的废钛屑。调试完毕，人便可以离开。水碓不比柴油机，用不着开关油门和添加油料，也不用担心动力出故障。水碓整整舂了一夜，次日早晨，黎福根和黎茂辉他们在水碓房看到的，是完全打磨成了粉末状的钛！

■ 丰日集团董事长黎福根工作照

黎茂辉激动地大吼一声："嗬，我们成功了！"大家欢呼雀跃。

虽然打磨钛粉成功了，但黎福根却紧锁眉头，看着被完全打磨成了粉末状的钛粉高兴不起来。

有人开玩笑说："你是舍不得那 1000 元奖金吧！"

"一个晚上才舂这么一点点，也太少了吧！"经黎福根这么一提醒，众人冷静了下来。的确太少了！如果不想办法改进，提高功效，即便节省了成本，收益也太少了吧！正当大家苦苦思索时，黎茂辉打破了僵局："我看，在铁碓坫上再电焊上三块刀片，怎么样？"黎福根当机立断："好，马上行动！"

水碓是山区群众利用水资源碾米的工具，一代又一代沿袭至今，从来没有人想过改进。经过一次又一次的反复推敲和改进设计方案，他们在碓嘴上焊上几把钢刀，对水碓进行了一番改造。黎福根和黎茂辉在水碓上加上刀片后，似碓非碓，而其使命也走出了单一的碾米，成为加工钛粉的工具，古老落后的生产工具由此产生了质的飞跃。

丰田地形复杂，大大小小的山冲达数十条，水资源丰富是山区的一大特点，这给黎福根安装水碓提供了得天独厚的条件，很快，就有一批新安装的水碓投入使用。以前，除了舂米，其余时间水碓是闲置的，可自从黎福根改装的水碓开始打钛粉之后，一天24小时，各个山冲屋场的水碓24小时不停地运转，那嘎吱嘎吱的木轮转动发出的声响，与碓端上的钢刀撞击钛片的声响交织在一起划破长空，犹如给平静的山村添加了美妙动听的交响乐。黎福根忽然觉得，丰田原来很美。

终于将几百公斤钛屑捣成了粉末。黎福根用有内囊的编织袋将钛粉装好，第一批钛粉送往市南区的牛石鞭炮厂，经该厂技术科试用，效果非常好。报价8000元一吨，当即成交。0.8吨，获得6400元。除去所有开支，甚至连水碓都算了折旧费，净赚2000余元，以当时的行情，还是卖了个好价钱。

同时，这种发明创造出来的新型花炮原料，给花炮增添了新的色彩品种，这在历史悠久的浏阳花炮史上是前无古人的，深受出口花炮业界的欢迎和青睐。

此时，丰田废旧金属冶炼厂已更名为"丰田烟花材料化工厂"。许多鞭炮厂纷纷找上门来求购钛粉。不久，钛粉开始取代传统原料，成为焰火中的重要原料。县科委的同志为此专程找上门来，祝贺黎福根

■ 古为今用，水碓土办法舂钛粉，实现了"自动化"

的成功，表彰他为浏阳的鞭炮行业立了一大功，为鞭炮原材料开辟了新天地。这时候，许多以前笑话黎福根的人开始效仿，废钛粉加工厂如雨后春笋般冒了出来。

丰田加工废钛粉，很快引起了北京、上海、天津一些冶金行业权威的惊讶：原始的粉碎法，居然代替了一系列复杂而昂贵的化学处理过程！

古老的水碓工具，远远称不上高科技，但是它却成功地开创出一个新天地。县科委得知达浒丰田冒出了这么一个新鲜事物，大加赞扬，并提醒黎福根可以申请专利，还详细告知申请专利的具体手续。谁知黎福根却淡淡地一笑："这么简单的东西还申请什么专利呀！"

科委负责人郑重其事地说："完全可以。你要知道，如果申请了专利，别人不通过你的同意使用此法，就是侵权！"

黎福根摇了摇头，笑眯眯地说："侵权？我巴不得大家都搞！这个方法简单，很适合农民搞。有钱大家挣，有饭大家吃，那才好呢！"

1986年冬，中国科学院上海冶金研究所教授级高级工程师吴汉文慕名来到丰田。他伫立在舂钛粉的水碓面前，惊讶地说道："真是古为今用！水碓土办法舂钛粉实现了自动化！"并大加赞叹："奇迹奇迹呀！"

一时间，"古为今用！水碓土办法舂钛粉，实现了自动化"的事迹被传得沸沸扬扬。

第七章　惊动开国将军

　　黎福根"古为今用！水碓土办法春钛粉，实现了自动化"的事迹传到了刚刚离休的中央顾问委员会委员、开国上将李志民的耳中。这位曾立下赫赫战功的红军老战士、人民解放军高级将领想到基层

■ 1984 年 6 月，黎福根（左三）与刚离休的中共中央顾问委员会委员、开国上将李志民（左二）等首长合影

走走。

时任湖南省省委书记的毛致用同志征求老将军的意见时，这位浏阳籍的老将军兴致勃勃地说，他要去丰田看看，他对那名叫黎福根的年轻退伍兵表示出极大的兴趣。

1987 年 4 月，一位身着便服、头戴呢帽的老人家用慈祥的目光在迎接群众一张张微笑的脸上掠过，手中的拐杖轻轻地磕了磕地面，问："黎福根呢?"

本来，李志民上将打算到丰田去，看看他惦记的退伍兵是如何用土办法代替昂贵的化学工程，获得冶炼化工系统权威那么高评价的。由于汽车不能通行，老将军这才打消了步行去丰田的念头，约黎福根到乡政府来见面。

黎福根气喘吁吁地向首长走去。此时的黎福根，任过公职，办过企业，经过商，走南闯北，可谓见过世面的人了，但此时此刻，他站在老领导面前，仍不免有几分拘谨。退伍十几年了，黎福根身上的军人风度和气质仍不减当年：一身洗得泛白的草绿色军装，草绿色绒衣破了，袖口掉出半个圈来，一头短发，黑黑瘦瘦。

黎福根从自行车上跳下来，下意识地用手擦了一把额头上的汗水。老将军高兴地老远就扬起了右手，迎向黎福根，像是炫耀一件稀世之宝，对旁边陪同的省军区司令员说："这就是黎福根，一个了不起的军地两用人才! 前不久听民政部的同志介绍，我就被吸引了。这小伙子真不简单，聪明! 他用乡下水碓加工金属钛粉，制成烟花材料……"

老将军赞不绝口，他紧紧地握住黎福根的手说道："你是军队培养出来的优秀战士，发扬了军人的优良传统，为部队树立了好榜样！好样的！"

全体领导合影时，军区首长按惯例站在老将军旁边，可老将军却非要将黎福根拉到自己身边。摄影师一按快门，瞬间便成了永恒！这张照片随着时日的推移虽然已经褪色发黄，但仍为黎福根珍藏。

黎福根把这作为一种鼓励、鞭策、前进的动力。

那一回，黎福根大大地出了风头，丰田也大大地光彩了一回。

诚然，李志民将军专程到浏阳丰田村来看望一个年轻退伍兵，在那时确实引起了浏阳的轰动、湖南的轰动。

大报小报，电视新闻滚动宣传，黎福根声名在外，丰田也就声名远扬了。老将军此行，在浏阳、在省城产生的冲击波效应，对日后振兴丰田的经济腾飞起到了推波助澜的作用。

第八章 丰田不产钛
竟成钛集地

丰田不产钛，竟然成了闻名的钛集散地。

丰田烟花材料化工厂生产钛粉的成功，使山民们恍然大悟，原来办厂也容易呀，为什么我们不能做呢？于是，许多村民纷纷效仿。在黎福根的影响下，丰田村土法加工钛粉的企业如雨后春笋般冒了出来。世代栖息在山冲里，面朝黄土背朝天的农民，忽然一个个都从责任田里走出来。他们来不及洗净手脚上的泥土，走南闯北，出入各地的厂家进货、销售，脚下的解放鞋换成了皮鞋，旧式农民装换了西服，虽然明眼人一下就能看出他们是农民，但这些农民的口袋却渐渐鼓了起来。土坯房变成了二层结构的小洋楼，自行车换成了摩托车、小汽车。

丰田烟花材料化工厂的一举一动引人注目。他们从外地将形状各异的废钛一车车地拉了回来，仅仅在家放了几天，有时甚至连车都未曾卸又被运了出去。有的人善于钻空子，于是采取偷窥、跟踪的办法，加之黎福根的行动也不够"谨慎"，很快这些人就将情况了解得一清二楚了。

于是，经营钛生意的人一下子冒出了许多。他们四下打听，凡是有钛加工的地方，就会有这些人徘徊的身影。全国各地，那么多大大小小的冶金企业，几乎只要有加工钛的，似乎都与丰田人有关系。丰田人频频光顾，买走他们的废钛，经过提炼后再卖给那些需要钛的企业。

一时间，丰田这样一个不产钛的小小山村，竟然成了闻名全国的钛集散地。

由于收购钛屑成本低，加工工艺简单方便，销路广，因此，钛成为丰田金属化工厂所生产的主要产品，主要就是从外地收购一些金属钛的边角废料，运回来加工成粉末卖给花炮厂做原材料。浏阳花炮厂林立，这生意大有可为。最先是黎福根发现这一新天地，这之前，许多钛厂将钛屑当垃圾焚烧处理了，黎福根去收钛屑好比帮厂子处理垃圾，花不了几个钱。后来弄的人多了，钛屑便成了紧俏材料，价格一路上扬。

那时一名叫黄宝林的供销员，在上海仪表局下属一家企业跑供销，手里有的是钛屑，他自然成了一些收购废钛者攻关的目标，不少人在他身上下功夫，他就是在这个时候认识黎福根的。

经过一段时间的交往，黄宝林感觉到了黎福根的与众不同。商人追求的是利润最大化，而黄宝林惊讶地发现，黎福根不同于其他商人，他讲究的是诚信至上。他办企业当然是想挣钱，可他挣钱的目的却与其他人大相径庭，黄宝林不由得对黎福根刮目相看。于是，他们不仅成为合作伙伴，而且是彼此最信任的朋友。后来，黎福根的企业转产蓄电池，虽然在业务上没有关联了，但黎福根每次去上海出差，一定要登门看望老朋友。黄宝林也热情接待，真个是真情厚谊！后来黄宝林应邀投资黎福根的湖南福悦生物科技有限公司，成为该公司的

■ 董事长黎福根

总经理。

　　由于丰田的名气越来越大，某些有钛的企业也主动找上门来把钛屑卖给丰田人，而需要钛的企业，也主动前来找丰田人购买。这一买一卖，大把的人民币便哗哗地装进了丰田人的口袋！据一位丰田人后来透露，他们曾创造过 11 天赚 25 万元的纪录。

　　于是乎"八仙过海，各显神通"，有的人货源不足，为了一时的私欲，昧着良心，弄虚作假，在钛中混加些不锈钢卖给厂家，想瞒天过海。殊不知，若想人不知，除非己莫为，很快就原形毕露，于是，索赔、官司纷纷上门……

　　古往今来，有多少人在成功之后便头脑发热、利令智昏，不能把握自己，由顶峰迅疾跌入谷底。这样捞钱的手段好景不长，很快便自断了财路……

正当某些丰田人削尖脑壳跑遍全国寻找钛资源，千方百计将大把钞票揣进自己兜里的时候，黎福根却认真思考，眼前大家都争着搞的项目虽然来钱快，但不过是一些短期行为，作为一个企业家，应该有远大的战略眼光，应该趁早为丰田化工厂企业的前程着想。

1988 年初，在他的带动下，昔日贫困的丰田村已变成浏阳市有名的富裕村。黎福根盘点了一下家底，他的个人资产已有几百万元。他意识到，应该转行干点别的了。至此，开发新产品成了他朝思暮想的一块心病。

第九章　改丰田化工厂为丰田蓄电池厂

丰田化工厂自从 1982 年开始办厂，到 1988 年，历经数载的拼搏奋斗，其企业产值达上千万元。厂房由原来的猪舍变成了占地 1000 多平方米的红砖楼房，工人 80 多人，并带动丰田村先后又办起了四家企业，解决了一大批剩余劳动力的出路问题。这一时期丰田化工厂的美誉，可谓家喻户晓，老幼皆知。

榜样的力量是无穷的。自从丰田村用土法加工钛粉的事迹传出后，丰田村经营钛的企业如雨后春笋般冒了出来后，给黎福根的企业带来了一大批竞争对手，并且很多企业为了追逐利益不择手段。

黎福根看在眼里，急在心上，无时无刻不在苦苦思索，开发什么样的新产品，上马什么样的新项目，才能带领村民们走上富裕之路呢。

终于，机会来了。那是在 1988 年 5 月的一天，黎福根在出差途中偶然翻阅一份《中国电子报》，一则登在角落里的广告引起了他的关注：无锡某单位是研制广泛用于车船启动、医疗器械、电子仪器、电动玩具、程控交换机、计算机等领域的不间断电源的，因这种蓄电池研究在国内还是空白，该单位近日因经费短缺而被迫下马。黎福根决心已定："就干这个！"

免维护铅酸密封蓄电池被列入国家火炬计划，这一高新技术产品现在不上还待何时，现在正是投入的好时机。绝不能让这一科研项目半途而废，他决定选择进军免维护铅酸密封蓄电池项目。

他当机立断，放弃北上出差，立马打道回府，返回了丰田。伙伴们颇感意外，因为这一趟生意要赚好几万元的票子呀，怎么就放弃了呢？

没想到他摇了摇头，向大家提出了一个问题，他说："大伙想想，自从我们丰田烟花材料化工厂生产钛粉成功以来，在我们的影响下，丰田发生了翻天覆地的变化，同时丰田村用土法加工钛粉的企业如雨后春笋般冒了出来。我们应该审时度势，见好就收，选择开发新的产品才是我们丰田化工厂的出路。因此，我通过一段时期的市场调查，决定选择进军免维护密封铅酸蓄电池行业。"

经黎福根的说服和开导，绝大部分同志认为黎福根说得在理，并表示同意。但仍有少数人犹豫不决。

他接着说："舍得舍得，不舍哪能得，难道还想坐享其成？你们同意的就跟着我干，不同意的可以选择退出。或者我就个人干，我可以投入经费，除了几百万元现金外，还有房子、橘园……"

大家都了解黎福根，但凡他决定了的事，九头牛也拉不回来的。黎福根就是黎福根，不干则已，要干就动真格的，丰田化工厂转眼就改挂上了丰田蓄电池厂的牌子，这表明了他的决心。他立即派出两名有一定文化水平的青年赶往无锡打前站，紧接着他亲自带着具有高中以上学历的四名员工前往无锡。

■ 20 世纪 90 年代初的丰日集团前身丰田化工电源实业公司

　　黎福根一行来到无锡后，经了解，这个项目的研制者系无锡市 84 中学的张伟明老师。他所承包的校办工厂原本是生产应急灯的，由于有漏酸、腐蚀及污染环境等诸多问题，他考虑转行。他在深圳发现了有免维护密封铅酸蓄电池这种新产品。于是，张老师萌发了研制这种蓄电池的念头。

　　为此，他花了整整三年的时间，耗尽了所有积蓄，经过反反复复配方调整和试验，眼看就要跨入成功的门槛了，却因为资金耗尽，只好在《中国电子报》上刊发了那则寻求合作伙伴的消息。

　　黎福根到无锡后经了解，认为这个机遇很好，机不可失，双方一拍即合，很快就签订了继续研制的合作协议，由黎福根提供经费，张伟明提供场所、技术和试验设备。

就在与黎福根签订合作协议之后，前来找张伟明老师合作的人络绎不绝。张伟明老师只好遗憾地告诉他们来晚了一步，谢谢他们的信任。此时此刻的黎福根也深感自己的幸运。

在无锡，这一干就是近一年时间。有了经费上的保证，张伟明的信心更足了。在他的带领下，免维护密封铅酸蓄电池终于在这座简陋的校办工厂诞生了。

■ 丰田蓄电池厂，图为满载新产品的车辆整装待发

告别了无锡的合作伙伴，黎福根满怀喜悦地将这一高新技术项目带回了丰田。

回来后，他便立刻添置设备，购买原材料，投入了生产。很快，他将自己的产品送往株洲市南方动力公司摩托车厂以及长沙空军19厂试用，反馈良好。南方动力公司摩托车厂乐意接受他的产品，但提出鉴定的问题。那时候，对刚刚涉足这个领域的黎福根来说，连什么叫

"鉴定"的概念都不知道，他对客户的要求一脸茫然。不过他虚心求教的诚恳态度赢得了客户的尊重，对方很耐心地告知，签订销售合同之前，其产品还要走如下程序：拿到专家意见、权威检测报告，提供详细的图纸资料和用户意见，通过国家标准鉴定。

一项填补国内空白的尖端科技项目，能在仅有中专文化水平的农民手里完成吗？不少人疑虑重重。听到诸多议论，黎福根却很平静。他对研制项目的科研人员说："不懂的可以学。攻关靠你们，经费一概由我负责，大家不要听信风言风语，只管放心大胆地干！"

他真的豁出去了，历时四年半的攻关，不但将自己所有资金投了进去，还为了贷款，将市区的一栋五层楼房、农村的土坯房，甚至已挂果的橘园全都抵押给了银行。

在攻关期间，黎福根多次去往北京、上海、天津。有一次，黎福根到北京拜访一位著名的蓄电池专家。这位专家住在 7 楼，楼里没有安电梯，专家得知来访的是一名来自山区小厂的农民厂长后，便让妻子借故将黎福根送走。哪知黎福根一天之内连来了 8 次，最后，专家被感动了，两人经过亲切交谈后，专家给予了黎福根许多有益的指导，并与其他四位专业权威人士答应担任他的技术顾问，为"丰田"释疑解惑。

除此之外，黎福根还尽力让自己多掌握一些相关专业知识。他拿出蚂蚁啃骨头的精神，读那一本本足有砖头厚的有关蓄电池方面的专著。

鉴定的手续如此复杂！有人泄气了。黎福根却坚定地说道："不！是我们原来想得太简单了。直到现在，免维护密封铅酸蓄电池在全国还是空白，有多少科学家和多少专业科技人员，人家技术力量雄厚的企业尚且在研制阶段呢，我们没有理由放弃！"诚然，如果说黎福根没有一点动摇是假的。如果他当初知道这么难，也许会更慎重些。但是，现在已经干了一年多，岂能半途而废？更何况，此类产品一旦成功，其广阔前景是难以估量的。

开弓没有回头箭！既然迈出了第一步，只有勇往直前地走下去，何况这第一步走得非常出色，从南方动力公司摩托车厂的态度就可以得到证明。当他出示自己的产品，并直言相告是自己生产的时候，该厂负责人大为惊讶，不敢相信山沟里的农民居然能研制出这种高科技产品。

根据株洲南方动力公司摩托车厂及长沙空军19厂等用户反馈的意见，黎福根派专人将自己的产品送往沈阳中国蓄电池检测中心。该中心负责人问用什么标准检测，黎福根回答用世界上的最高标准，最后采用了日本JIS C 8702-88标准。这是一家享誉中外最具权威的机构，如果得到了该中心的认可，产品将大有前景，不过送检之后需6个月才能拿到检测结果。

6个月，漫长的等待，至今黎福根仍记得当时心里是什么滋味。虽然他的厂里还可以继续加工钛粉、合金等制作烟花材料，但主要的人力和物力都集中在蓄电池生产上了。有人乐观地说，既然已有几家用户认为产品可以，检测一定能通过的。

丰田蓄电池厂送检的产品在他们的企盼中终于有了结果：未到标准！许多人目瞪口呆。怎么办?！众人不约而同地用目光向黎福根发出了疑问。

黎福根目光炯炯，坚定地说道："怎么办？继续研究呀！如果容易的话，人家不早搞出来了吗？既然人家外国人已有成功的先例，我就不信搞不出来！继续攻关，不达目的，誓不罢休！"

从1988年到1991年6月24日，历时四年半，丰田蓄电池厂以蚂蚁啃骨头的精神，锲而不舍地潜心于免维护铅酸密封蓄电池的研制。终于，"阴极吸收式密封免维护铅酸蓄电池"被国家科委列入1988年度新产品试制（鉴定）项目之一，1991年才研制成功。经中国蓄电池检测中心检测，各项性能均已达到和部分超过国际IEC标准和日本JIS C 8702-1988标准，本产品属高新技术产品，可广泛应用于车船启动、医疗器械、电子仪器、电动玩具、摩托车、程控变换机、微波机、计算机不断电源（UPS）报警监测、采矿照明、航天航空及发电储能……总之，这是20世纪90年代的最新产品。而这"最新产品"竟诞生于一位农村退伍兵创办的小厂。

1992年2月1日，在国内极具权威性，在海外亦有深远影响的《光明日报》这样报道："长沙丰田实业有限公司蓄电池厂研制的'阴极吸收式免维护密封铅酸蓄电池'填补了国内空白，获国家科技进步奖……"

黎福根深切地知道，虽然免维护密封蓄电池鉴定获得了通过，不过是万里长征迈出的第一步。在已取得的成绩面前，他们戒骄戒躁继续致力于开发新产品的钻研。几年来，长沙丰田实业有限公司陆续研制出了机车车辆用蓄电池、储能蓄电池、动力蓄电池等几大系列新产品。

第十章 免维护密封铅酸
蓄电池新产品震撼问世

在丰田村，山还是那些山，人还是那些人，只不过是新的产品震撼问世了，经济效益成倍增加了。黎福根的"丰田"牌阀控式密封（免维护）铅酸蓄电池迅速行销全国，占领市场。

历经四年，丰田蓄电池厂终于成功研制了免维护密封铅酸蓄电池。黎福根深切地知道，进入市场，占领市场，对一个新品牌来说，谈何容易。因此，在投放市场之前，公司上层对蓄电池市场进行了详细调查和研究，考虑到丰田蓄电池厂处在投产之初的过渡阶段，必须慎之又慎，同时考虑到丰田蓄电池产品刚上市没有名气，加之产品的销售

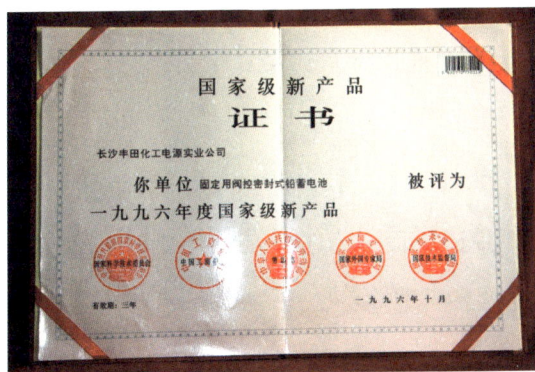

■ 1996 年国家级新产品证书

等经验不足，为减少损失和步步为营，决定首款推出的产品是矿灯用电池。

在首批丰田蓄电池矿灯投放市场之前，军人出身的黎福根对企业坚持半军事化管理与诚信经营，一再向全体员工强调，生产中一定要注重产品的质量，产品质量是企业的生命。必须做好售后服务，以便更好地总结经验和及时改进。首批矿灯质量过硬，颇受欢迎。大煤矿的要求严格得多，需要权威机构出具预防瓦斯爆炸的防爆证。

经了解，核发防爆证的单位是上海煤炭研究所。黎福根立刻派人前往上海，被告知须到国家煤炭工业部开具证明，该所才受理，根据测试的结果决定是否核发防爆证。于是，他们又来到北京煤炭部，煤炭部的答复是须经省煤炭厅开具介绍信才能办理。于是他们又返回湖南，却在省煤炭厅卡壳了。

省厅科技处一位处长明确表示不同意，理由是：厅属邵阳矿灯厂目前已经供过于求，如果再批准生产这样的产品，就是重复建设，没有必要。

上海、北京、长沙，辗转三地，千里迢迢，无功而返。黎福根听了汇报，沉思半天没有出声，以他的性格，决不会轻言放弃，他认定要办的事，便会不懈努力地去做。他决定亲往煤炭厅交涉，一定要将介绍信开到手。科技处不行，就找厅长，甚至找省长。

于是，黎福根携带样品一头撞进了科技处的大门，自报家门。没等说完，科技处的人就打断了他的话道："你们的人来过三次了。"

对此，黎福根思想上早有准备，他笑着说："处长，你们科技处应该支持科技进步呀！据我了解，邵阳的矿灯积压，卖不出去，是因为漏酸漏气，污染环境，我们的产品用的是密封电池，没有上述缺点……邵阳的卖不出去也不能限制我们呀！我们的产品可以外销，不销湖南就是。处长，你可以限制我，不可能限制外省吧，要是外省的好产品打入了湖南的市场呢？再说我们的产品诸多优点都是通过了测试的，今后，还可以考虑与邵阳的矿灯厂合作联营……"

黎福根一番情真意切、句句在理的话语产生了效果，拒人于千里之外的处长被感动了，他改口道："这样吧，我们抽时间去看看，考察后再做决定！"黎福根闻言，大喜过望，连声道："欢迎欢迎！"

此后不久，省煤炭厅科技处的同志驱车前往丰田蓄电池厂进行考察。有道是百闻不如一见，但见这些家里都有一份承包责任田的农民工聚精会神地劳作，汗水流淌在脸上也顾不上擦拭，一道道工序，尽管费力，却一丝不苟。

成品仓库里堆放着整整齐齐的经过严格检验的成品，处长忍不住蹲下来，一边伸出手轻轻地抚摸着，一边自言自语："还真是好产品呀！"看到处长连连点头，黎福根如释重负地嘘了一口长气。

■ 丰日免维护密封铅酸蓄电池

有了上级主管部门的支持，事情迅速得到了解决。丰田之行，彻底改变了省煤炭厅科技处的看法，他们反过来处处为丰田公司着想。譬如说，上海煤炭研究所的检测，是需要召集有关专家开鉴定会的。处长便为黎福根出主意道："那样开支太多，你们还不如将资料寄给那些专家，他们认可后签字寄回，和开鉴定会的结果一样，可以节省开支。"

黎福根照办了。在讲到专家鉴定费时，处长认为，每位专家给200元就可以了，黎福根有些不好意思，说："太少了吧？"

处长正色道："你现在正处于困难时期，节约一点吧，200元不算太少！"

后来，黎福根也没有完全采纳处长的意见，给五位专家，寄出鉴定费1500元，每人300元。仅改召集专家开会为邮寄资料签字认可，这个主意，就为黎福根节约了数千元的开支。也许，区区数千元不算什么，但是，上级主管部门的关怀、照顾与支持，对一家企业来说，难道不是一笔难以估价的无形资产吗？

第十一章 以人为本，科技兴业

在丰日公司的门楼上，悬挂着八个鲜红的大字——"以人为本，科技兴业"。

丰日免维护密封铅酸蓄电池品牌之所以质量过硬，深受广大用户的青睐，是因为黎福根网罗了一大批科技人才精英，使得丰日品牌产生了质的飞跃。

经过十几年的摸爬滚打，黎福根深深懂得，要使企业长盛不衰，就要狠抓产品质量和更新换代。质量是企业的生命，产品的更新换代则是企业长盛不衰的保障。抓好产品质量和更新换代最重要的一环，就是科技人才。

为此，他千方百计网罗了一大批精英。全国各地一些知名大型企业离退休的精英，机械、电子、电气、自动控制、计算机、化学、冶金、管理等领域有所建树者，他们献余热的理想在丰日得到了实现。张勃然、吴寿松、李中吉、李中奇、王如松、许慈渝、沈炯烈、蒋有为等就是其中的代表。

黎福根在研制蓄电池的过程中备尝艰辛，但他又十分幸运，因为他得到了全国闻名的这一高科技领域四大权威人士的鼎力相助。这四位权威分别是沈阳的张勃然、重庆的吴寿松、武汉的李中吉和湘潭的李中奇。

黎福根是在阅读一本有关蓄电池方面的专著时，了解到张勃然这位权威人士的。1990年春，熊发成受黎福根的派遣，专程到沈阳拜访张勃然。其时张勃然已年近古稀，他曾担任全国最大的蓄电池企业——沈阳蓄电池厂的总工程师。张老早年留苏，后赴日本，打从青年时代起就一直从事蓄电池的研究，是出版过多本专著、享受国务院特殊津贴的高级工程师。退休后，他居住在沈阳市铁西区单位宿舍楼。由于名气大，退而难休，造访的客人以求教者为多。张老年事虽高，但壮心未了，热心指导。求教者大都来自全国各地有一定规模级别的企事业单位，来自浏阳丰田村小厂的熊发成让这位老专家颇感惊讶。

张老认真地听熊发成说完自己在研制中遇到的种种困难，听说丰田生产的产品送检不合格，请求予以指导，张老劝说道："你们还是不要搞免维护密封的蓄电池了吧，难度太大了！国家在这方面的技术还是空白，我们厂投资1700多万元了，还未见成效。你们可以先搞普通蓄电池，练练兵，起点不要太高。须知世界上现在还只有美国、日本、德国等少数发达国家能搞，韩国还是买的日本技术，至于我们中国，则连标准都还没有……"

熊发成返回丰田做了如实汇报。说心里话，来自权威的论断，有如当头泼了一瓢冷水，熊发成有些泄气了。黎福根却反而更兴奋——填补国内空白，多好的项目呀！既然是国内没有的，当然难！知难而进，迎难而上，这正是作为企业家的黎福根的性格。

没过多久，黎福根让熊发成再次北上，但仍无功而返。又过了一段时间，黎福根亲自率熊发成三上沈阳。终于，张勃然被农村退伍兵这种矢志不渝的精神感动了，千里迢迢，从沈阳乘火车至北京，再改乘京广线到达长沙。走出长沙火车站，便是长途汽车了。那时候，319国道尚未改建高速，长沙至浏阳84公里的公路弯多路窄，过往车辆又多，有一次堵车，长达三四个小时，这段路被人们视为畏途。张老一路辛劳，好不容易才到达浏阳城区，一听，还有60余公里砂石公路，老人便有些泄气了，对来迎接自己的黎福根说："我看你们还是不要搞了，确实不容易搞呀……"

然而，他一到目的地，走进丰田的厂房，见到一群农民工正在用简单得近乎原始的设备生产，而就是这样的条件，其奋斗目标居然是填补国内空白的高科技项目！尤为让他吃惊的是，就凭这样的条件，千真万确地生产出了南方动力公司摩托车厂、长沙空军19厂都认为"可以"的不漏酸、不漏气、密封免维护铅酸蓄电池。

这简直是一个奇迹！这个奇迹使得从事了一辈子蓄电池研制工作的老专家大开眼界，老人十分钦佩地连连说道："你们这种能吃苦耐劳、肯干敢闯、巧干的精神真了不起！由此看来，我们那些国营大厂，有现代化的设备，有雄厚的经济实力，且人才济济，为什么研制多年没有成功呢？就因为我们按部就班，缺的正是你们这种吃苦耐劳的精神！我不虚此行！"

黎福根征求张老的意见，看他是否愿意担任他们的技术顾问，张勃然爽快地答应了。他在厂里待了好几天，有针对性地解答了一些技术问题，并答应回去帮忙找相关标准文件及有关书籍给他们。

临走时，张勃然又向丰田推荐了重庆的吴寿松，说吴是他的老朋友，也是蓄电池方面的专家。

吴寿松是科研硕果累累的中国电子学会专家，一般人要见上他一面都难，不是因为名气太大端架子，实在是他太忙。然而，老友张勃然郑重其事的介绍，使这位权威人士对黎福根产生了兴趣。对黎福根及丰田，吴寿松记忆犹新，当年用水碓土法舂钛粉替代昂贵化学工程的农村退伍兵，居然又操刀要填补国内高科技产品的空白，这太有意思了！于是，他愉快地答应了丰田蓄电池厂的邀请，并很快成行。

至于武汉长江752厂的高级工程师李中吉，则是通过熟人请他帮忙翻译有关资料结识的。李中吉是湖南桃源人，当时60多岁，虽然已经办理了退休手续，但像他这样有名望的专家都是退而不能休，全国各地来求教者不计其数。当听说张勃然、吴寿松等专家已受聘于丰田蓄电池厂做顾问时，他也愉快地接受了黎福根双手恭恭敬敬呈上的聘书。

时下，许多单位为了自身利益的需要，四下网罗知名人士充当顾问，其实不过是挂名而已，目的主要是提高自己单位的知名度，贴金罢了。社会上不是有某名人连自己究竟担任了多少个单位的"顾问"都不知道的笑话吗。可张勃然、吴寿松、李中吉、李中奇等权威专家，对丰田这样一个民营企业，却是又"顾"又"问"，除了定期来厂里释疑解惑外，无论什么时候，只要有问题需要他们解决，召之即来，不论是酷暑蒸腾的夏季，还是寒凝大地的冬天，风雨无阻。

来过几次后，古道热肠的老专家们知道丰田有经费困难，不但不乘飞机，连火车卧铺都省了。他们都是一大把年纪的人了，一路辛劳，到达浏阳后，发现丰田派汽车来迎接，便责备道："来接干什么，不是有客班车到达浒吗？"后来，几位老人干脆不通知黎福根到达的时间，以免他派车。老人们的意思是：能省的尽量省吧，把有限的经费放在科技攻关上。

顾问不远千里而来，黎福根吩咐职工食堂另外做几个菜招待老人。这几位专家坚决不同意，硬是要和其他员工一道在食堂用餐。

1990 年，丰日公司虽然自己建了一个招待所，但住宿条件十分简陋，冬季只好在卧室备上木炭火缸取暖，黎福根很觉得过意不去，表示歉意。

几位老人却异口同声地说道："我们是来工作的，不是来享福的！放心吧，一把老骨头，没有那么娇贵。"

丰田是山区，秋夏之交，天气还是十分炎热的，即使到了晚上，卧室里还是热得像蒸笼。看见专家们汗流浃背，黎福根临时买来了空调，又招来老专家们的一顿批评。

对于李中吉来说，他认为最有意思的，是在丰田这样一个偏僻农村度过了 70 岁的寿辰。1996 年 7 月下旬，正在丰田指导工作的李中吉接到儿子的信，希望他回家，亲人为其庆祝生日。说心里话，老人何尝不希望在这个具有特殊纪念意义的日子与亲人一起度过呢。然而，当黎福根一脸真诚地恳请他留下，厂里为其过生日时，他感动了，欣然应允。

生日那天，丰田公司按当地的习俗，准备了丰盛的宴席，将寿星恭恭敬敬地扶在正中席位上坐定，然后，黎福根带领厂里的全体员工，一一举杯祝寿。那从农民口里吐出的纯朴善良的祝词，也许是粗糙的，李老却被深深地感动了，眼里涌动着泪珠。他说，这是一个刻骨铭心的生日，这一辈子都不会忘记。他还将过生日时拍的一组照片寄给亲人，附信讲述生日的所见所闻。

后来，李老不幸患上了慢性肾病，又发展成尿毒症。即使身患重病，深居简出，他依然心系丰日，经常打电话了解情况。黎福根也懂得老人的心情，每有重大成果，必打电话告之，和老人分享喜悦。2000年6月，黎福根携妻专程前往武汉李中吉的家里探望。见了黎氏夫妇，李老的情绪十分激动，就像与亲人久别重逢。他自认为患了不治之症，坚持将自己多年来有关蓄电池方面的研究成果整理成厚厚的一叠资料，赠送给黎福根。刚开始，黎福根坚决不受，一再勉励老人与病魔抗争，以当前的医学技术，治好肾病不是难事，然而老人是真诚的，科学家视事业为生命，决不会轻易将毕生心血凝成的果实随便予人！置身此情此景，黎福根还能说什么呢。再不收下，就是辜负了老人家的一片拳拳之心啊！

为让老人安心养病，黎福根尽量不去麻烦他。2001年9月，病情刚刚缓解的李中吉忽然给黎福根打了个电话，要他将急需翻译的一些资料传真过去，说自己可以帮他翻译。黎福根却答非所问："李老，您的身体最近怎样了？"李中吉也同样来个置之不理："你快传真过来!"黎福根深知老人的脾气,要使老人高兴,只有照办才行。

市场经济,市场竞争,说到底还是人才的竞争。改革开放以来,某些企业曾红极一时,但因人才匮乏,终究是昙花一现。而那些人才济济、科技含量高的企业则长盛不衰。如何才能广招天下英才?用得最多亦最见成效的一招是高薪。人们经常在媒体上看到名目繁多的高薪招聘信息。那几十万元、百万元年薪的招聘广告屡见不鲜。张勃然、李中吉、吴寿松、李中奇等当然是人才,而且是国宝级的人才,这几位权威专家在丰日电气集团股份有限公司发展的关键时刻,起到了关键作用。人们不禁要问,黎福根聘请他们时,还是穷光蛋一个,如何拿得出高薪?!但这几位"人才"却高高兴兴地来了,又"顾"又"问",他们的报酬是多少呢?实话告诉你,每月仅600元!不可思议吧?如果硬要问为什么的话,几位专家的回答完全一致:佩服!佩服黎福根这种敢想敢干、不畏艰苦、迎难而上的精神,所以他们不计报酬而来,如此而已!诚然,黎福根的这种精神可贵,可老专家们不受当前价值观念影响,鼎力相助发挥余热的精神更是可敬!

丰日电气集团股份有限公司还有一位重量级的专家,那就是总工程师蒋有为。蒋老是重庆人,20世纪60年代初供职于兵器工业部636厂,被送往吉林工业大学与北京联合办的本科班学习五年,毕业后回原单位搞电器设计及维修,由技术员、电器工程师,到总工程师兼分管生产副厂长,1997年12月退休后住在成都。

"脾气古怪"大概是中国老一代科学家的通"病"吧,和张勃然、吴寿松、李中吉、李中奇等人一样,由于名气大,求教者、招聘者络绎不绝，可蒋有为谢绝了多家单位的高薪聘请，乐呵呵地投到黎福根这名农村退伍兵的麾下。

蒋老来到丰日后，黎福根与他打过几次交道，谈的都是科研、规划、前景等等。黎福根几次想提蒋老的待遇，都没好意思开口。说心里话，高薪聘请名流已成潮流，可这时的黎福根又确实拿不出太高的待遇，尽管事先也知道张勃然等人的"待遇"，但蒋老毕竟不同，他是企业的高层管理人员。后来，黎福根把这个"难题"交给了办公室处理。于是，就有了一段有趣的对话——

"蒋老，您看您的待遇多少合适呢？"

"随便，一两千吧！"

"那好，就每月2000元！"

"等下，你们老板每个月多少？"

"1500元。"

"啊？那我的应该再低一些，就1400元吧！"

丰日公司规定，蒋老每年可以休三次探亲假，可他却守在厂科研所，只在春节才回家，而且还不乘飞机，改乘火车。莫非他是埋首科研不懂世故的书呆子？不，当熟人问及待遇时，他便会"弄虚作假"，称月工资5000元，将年终实得的10 000元奖金说成40 000元。看来，他对"行情"还是有所了解的。为什么要这样做？老人便笑道："讲少了不像话，还要讲好多解释的话，何必呢？"

从李中奇的履历就不难看出他在蓄电池方面的造诣：日本汤浅蓄电池公司进修三年，又任湘潭蓄电池厂总工程师，湘潭冶金学院教授，现为国际蓄电池协会中国分会技术顾问。担任丰日公司顾问后，他引进了不少先进技术、信息，翻译了大量的国外资料。这位老专家抱病坚持为丰日操劳，他在丰日的功劳至少到目前为止是无人企及的。

丰日公司的崛起，还引起荷兰籍国际电工委副主席、蓄电池专家赫伯特的关注。他欣然应聘，每年来丰日一次，做详尽的技术指导，在乡下一住就是一个多月。

丰日公司董事会给老专家的三项任务是：一、解决问题；二、开发产品；三、带徒弟。

提到丰日的总工程师、技术副厂长王如松，黎福根就会激动不已，一往情深地介绍和这位82岁高龄的老先生相遇相识到相知的过去。王如松老先生为丰日的发展壮大立下了汗马功劳。来到丰日后，王如松一头扎进蓄电池的研制中，那时候，农村的条件十分艰苦，经常断电，酷暑高温，开不动空调、电风扇，他便打着赤膊，继续坚持工作，哪怕是片刻工夫也不愿耽误。

有付出必有回报，经过王如松的不懈努力，终于开发成功了单体容量3000安时的蓄电瓶，填补了国内空白。为此，王如松付出了整整16年的艰辛。这种用途广泛的电瓶，国内独此一家，评价很高，在市场上十分抢手。广西贵港邮电局之前使用的是价格昂贵的进口电池，从此改用了丰日生产的这种物美价廉的蓄电池产品。

同时，还有一批学有所成的大中专毕业生慕名而来，有了老专家的传帮带，青年人进步很快，如上海铁道学院毕业的王怀忠，出了一些成果，开发高频开关整流模块、微机控制模块已获成功，成为丰日公司从事科研开发新产品的骨干力量。

而且，黎福根坚持德才兼备的用人标准、不拘一格的管理理念，网罗和培养了一大批技术专家和技术能手，为丰日打造了"老中青"合理搭配的科技人才队伍，使得丰日科研所一直以来保持研究设计人员近百余人，每年投入的科研经费达千余万元，即便公司资金再紧张，都不缺少科研经费。

1991 年 6 月 24 日，这一天，对丰日电气集团股份有限公司来说，是个永远值得纪念的日子。就是这一天，在省城长沙，由湖南省外经委、省科委召集有关方面的权威、专家，对新研制的蓄电池进行鉴定。会上，黎福根一口流利的专业术语，不慌不忙地与专家、权威交谈。四年多的攻关下来，这时他已经能将光电数据、技术参数以及额定容量准确无误地表述出来。专家们的质询严格得近乎挑剔，但这难不倒成竹在胸的退伍兵。

鉴定会结束，产品顺利通过。

拿到这份合格证书，黎福根突然感情失控，泪水像打开了闸门的洪水，一泻而下。1600 多个日日夜夜的奋斗，终于有了企盼已久的结果。

黎福根的心情久久不能平静，已经很晚了，他独自一人在村路上行走。想起打从那次在报纸上发现这则广告之后，没有多加考虑便决定上马，说心里话，完全没有动摇那显然不是真心话。谁知竟然如此艰难，几次想打退堂鼓。

新品牌进入市场，占领市场，不是一件容易的事！黎福根满怀成功的喜悦，将产品送往当时的浏阳县邮电局时，却被拒之门外，他们不相信本地人（说白了就是农民）能生产出这样好的东西来。出示了合格证、鉴定书等有关资料，对方还是不放心，说在没有其他邮电部门使用之前，他们绝对不敢要。黎福根一连跑了四趟："连我们浏阳自己都不认可，怎么谈得上外销呢？"最后，黎福根出示了一份投保证明，称"万一发生质量事故，你们怕我赔不起，还有保险公司负责，这总该放心了吧？"在这样的情况下，浏阳县邮电局才勉强答应购买一组 300 安时的，投放在北盛邮电支局试用。一年后，运转正常，情况良好，他们这才放心大胆地成批购进。而这时，丰日的产品经过一年来的推广试用，已在同类产品中崭露头角，显示出强大的市场竞争力。浏阳邮电部门此时主动要求订货，唯恐买不到，还搬出了近水楼台先得月的理由。

蓄电池产品成功占领市场后，产值一路攀升，1992 年产值 120 万余元，1993 年达 800 万元，1994 年翻番为 1600 万元，1995 年达到 3600 万元！

产品的更新换代，是企业的前途；产品的质量保证，则是企业的生命。因此，黎福根在网罗一大批科技精英的同时，一边认真总结前批产品的质量及售后使用的反馈情况，以便及时掌握其优点，改进其不足之处；一边和精英们开发和研制出了机车车辆用蓄电池、储能蓄电池、动力蓄电池等几大系列。比如 DTM 地铁系列、DM 煤矿防爆系列、CNF（J）储能系列等。

随着企业的做大做强，技术和工艺水平也日益精进，黎福根带领丰日电气陆续研发了铅炭电池、固态锂电池、钠离子电池、5G 智能一

■ 1999 年国家级火炬计划项目证书

■ 1999 年重点国家级火炬计划项目证书

■ 2000 年重点高新技术企业证书

体化电源和电池智能延寿管理系统等新产品，为公司的发展提供了强大的技术驱动力。

1996 年 10 月，丰日公司的固定用阀控密封式蓄电池被国家科委、劳动部等联合授予国家级新产品证书。1997 年 9 月，又由国家邮电部授予通信设备进网质量认证证书，可以在国家通信网上使用。同年 12 月，又由解放军总参谋部授予国防通信网设备器材进网许可证，准予进入国防通信网使用。与此同时，国家广播电影电视部授予丰日公司高频开关电源、阀控式密封铅酸蓄电池广播电视入网设备器材认定证书。而国家电力工业部的〔1996〕127 号文件《关于公布 GZD 型直流电源柜定点生产企业名单的通知》中，长沙丰日电气集团有限公司就在其中。1999 年 6 月，国家铁道部运输局发出了 319 号文件，将丰日公司的产品作为优质产品向所属单位推荐使用……

　　黎福根主持研制开发的微机控制高频开关电源，在 1999 年被列入国家重点火炬计划项目和国家城乡电网改造重点推荐项目，被评为国家级重点新产品。近年来，又投入力量持续推进了 240V 高压直流电源等项目。截至目前，公司持续不断的研发已获得了百余项国家专利。

　　产品的质量，是企业的生命，这已是不争的常识。如何迎接入世的挑战，除管理体系要与国际接轨之外，真正使企业立于不败之地的，第一是质量，第二是质量，第三还是质量！如何在日趋激烈的市场竞争中立于不败之地，关键就在此。

　　抓产品质量和开发、创名牌，从来都是丰日公司的头等大事。该企业的产品为什么日益被新老客户认可、欢迎，关键也尽在此。

第十二章 视顾客为上帝

丰日公司的发展壮大，视顾客为上帝，不是停留在口头上，而是落实在行动上，售后服务便是具体表现。大凡与丰日公司打过交道的，都被丰日公司售后维护认真负责、雷厉风行、一丝不苟的作风所感动，并留下了一个个感人至深的故事。

1995年6月，丰田公司（当时还未更名）接到韶山变电站的电话，称："你们的电池有问题，速派人来解决！"经查证，韶山变电站非其客户，怎么会打来这样的电话呢？情况汇报上去，黎福根想了想，当即决定派人前往查明情况。

维护人员及时赶到后，发现电池不是丰田的产品，但是，作为专业技术人员，他们还是很快发现了问题之所在，并无偿地给予了维护。丰田人的作风，使韶山变电站大受感动，他们觉得，对与己无关的事尚且如此负责，这种精神难能可贵，决定今后一定与他们合作。在市场竞争日趋激烈的形势下，丰田人用自己的实际行动开辟了新的天地。

1995年7月，海南省电力公司购买了丰田公司的蓄电池，一年以后来电反映漏酸，要求尽快解决。黎福根得知情况后，立刻安排售后

■ 黎福根董事长正在全神贯注地工作

服务人员坐飞机赶赴海南。在丰田公司，为了节约经费，出差从不坐飞机，身为老板的黎福根，即使到乌鲁木齐、哈尔滨那么远的地方，也总是火车硬卧对付几天了事。

丰田公司的技术人员一下飞机，直奔海南省电力公司。该公司负责人感到吃惊。尤其令他们感动的是，饭菜上了桌，技术人员都顾不上吃，说先工作吧，看看到底是什么问题才放心。

经检查，原来是蓄电池放置在地下室，阴暗潮湿，是回潮，不是漏酸。该公司觉得过意不去，丰田人却十分坦然，还是把责任揽在了自己身上："我们也有责任，对产品的性能、使用方法没交代清楚。"像这样的厂家，消费者哪有不信任之理？

■ 产品质量国家免检证书

1994 年的一天，永州市广播电视局找上门来，称他们曾购置了北方某蓄电池厂的电池，由于深放电，硫化了，不能充放电。多次与厂家联系要求派人来维修未果，希望丰田公司帮忙解决，一切费用照付。这是一个以前未曾遇到过的问题，如果答应，极有可能是吃力不讨好。黎福根见"上帝"一副着急的模样，便应承下来，组织技术力量，对该厂的产品进行了一番仔细的检测，认为其容量可以恢复，将货拉到丰田予以修理，最终一切恢复正常。

永州广电局对丰田公司大加赞扬，此后成了丰田（丰日）的忠实客户。实践表明，生产厂家有"用户是上帝"的服务态度，就一定会得到"上帝"的青睐。

在 20 世纪 90 年代末中国加入世界贸易组织在即的大趋势下，许多企业忧心忡忡，担心站不稳脚跟而被冲垮，而丰日公司则充满信心，因为他们对加入世界贸易组织已做好了一切准备，有把握迎接挑战！

第十三章 率先通过 ISO9002 国际质量体系认证

研制免维护铅酸蓄电池这几年来，黎福根积累了丰富的经验，大开了眼界。他清醒地认识到，随着经济全球一体化，世界将变得越来越小，今后的市场竞争将越来越激烈、残酷，未雨绸缪，是企业家应有的战略眼光。

在全省还没有一家企业实行 ISO9000 国际质量体系认证先例的情况下，黎福根以他的远见卓识，独具慧眼，率先提出将自己企业的产品实行 ISO9000 国际质量体系认证。

1996 年 6 月，黎福根来到湖南省质量体系认定中心咨询，并表明自己的意愿。他的主张和打算受到了该中心专家的一致好评，认为他有眼光，看得远。湖南有那么多企业、企业家，至今还没有人搞过呢，中心的专家们立刻满口答应约一个时间到丰田去看看，他们一定大力支持。

当专家们一行驱车在乡间公路上颠簸着进入丰田，看到一群男男女女的农民工在简陋的条件下劳作时，都感到非常意外。

这么一家企业，如何能通过国际质量体系认证？经过进一步了解，这里的员工文化素质也是参差不齐的，高中文化程度的算"高学历"了，小学文化程度者为数不少。有专家泄气了，奉劝黎福根，你的基础不行，暂时就不要搞了。

黎福根却坚定不移地说："不，我认准了的事，必须搞，因为这是大势所趋！至于员工的素质，我可以组织学习提高，对照 1SO 的 108 个要素，强化学习后一定要过。我们农民工的一个共同特点就是特别能吃苦，你们比我更清楚，国有企业的员工，在这方面是不如我们的！"

专家摇头道："谈何容易！"黎福根显然对此琢磨了很久。他说："有些东西并非每个人都要掌握。文化低的工人可以学工艺，不一定要学技术上的东西。"他举了一个有些粗浅的例子说，即便是一只动物，通过多次严格训练都会知道到指定的地方排便，更何况一个人呢？

黎福根一番情真意切的话语，以及他下定的决心，使专家们深受感动。一位老专家拍了拍他的肩膀，语重心长地说："好，年轻人，相信你一定会成功的！"

专家的鼓励与支持，激励了黎福根，更增加了他对通过国际质量体系认证的信心和决心。在学习培训期间，无论多么忙，他都坚持和其他员工一起参加。

开始，专家上课时讲述的内容，对他来说无异于天书，一点也听不懂。不懂他就问，一问再问，授课者则有问必答，不厌其烦。

为了达标，黎福根特别邀请了荷兰籍蓄电池专家、国际电工委员会副主席赫伯特到丰田车间现场指导。丰田蓄电池厂全体员工自觉投入到严格的强化学习中来。当然学习的内容是分门别类的，不同岗位者学习的内容也不尽相同，针对性强，有的放矢。

一时间，整个丰田蓄电池厂区的墙壁上、黑板上，写满和贴满了大量的学习资料。每天上班时，员工在厂门口就要进行一次考试，没有通过考试的，对不起，请回，今天别上班了。感到压力最大的莫过于女工了。农村妇女是最辛苦的，她们白天和男人一样干活，晚上还要做家务，照顾孩子。丰田蓄电池厂的这一举措打乱了在该厂工作的女工生活规律，为了次日上午上班的考试能通过，她们不得不放下家务活，或者吆喝自家的孩子帮忙，自己则拼命地学习、学习再学习。

文化程度低的妇女，学习资料上有的字不认识，便要孩子念，仔细听，拼命记，一遍，两遍……农村的电时有故障，遇到停电，她们会急急忙忙点燃备用的煤油灯，凑在如豆的昏暗灯火前，聚精会神地念着，背着，如痴如醉，往往在梦中还背诵质量方针："诚信服务顾客，产品件件质优，技术行业领先，赶超国际水平……"

天道酬勤，功夫不负有心人。黎福根采取了一系列扎实的措施，一年以后，丰田蓄电池厂终于如愿以偿地通过了ISO9002国际质量体系认证，对企业提高知名度、创立品牌，在激烈而残酷的市场竞争中立于不败之地起到了至关重要的作用。

数年后，当三湘大地有一定规模的企业意识到通过国际质量体系认证的重要性时，黎福根已抢得了先机。

丰田蓄电池厂小有名气之后，许多热心人，包括黎福根的至亲好友，更多的是一些领导，建议他将厂子从地处偏僻、交通不便的山沟里搬出来，搬到交通、能源、地理位置更好的地方再创辉煌。

最开始，对这些好心人的主张，黎福根总是婉言谢绝。他一再表白，自己是丰田人，事业一定要立足家乡，他离不开这片养育自己的滚烫热土。

实践出真知。在企业的发展中，黎福根以他的聪明才智，渐渐觉察到了自己以前的顽固与偏执。他最后终于下定决心为了企业的前途而搬出山区，也许下面两个故事起了一些潜在的作用。

第十四章 广西贵港邮局局长惊魂

1994 年 6 月，丰田蓄电池厂的销售员黎鹏辉前往广西地区搞销售。贵港市邮电局相关人员听了介绍并看了有关材料后，表示满意，决定派一位刘副局长去丰田实地考察一番，再做定夺。因为，邮电系统所需的蓄电池，一个购销合同，至少也是几十万元人民币，务必慎重行事。

按约定的时间，黎福根派黎鹏辉及另一名员工前往黄花机场迎接。刘副局长走出机场，黎鹏辉立刻迎了上去，将客户引到自己的汽车面前。刘副局长见竟然是一辆破旧的面包车，心头掠过一丝阴影。他哪里知道，这还是该厂唯一的载客交通工具呢！上车后，汽车驶出机场大道，拐上国道，刘副局长问："还有多远？"

黎鹏辉笑着回答："长沙到浏阳 84 公里，浏阳到达浒 52 公里，达浒到丰田 5 公里。"刘副局长一跺脚，大声道："快停车！我不去了，你们这些骗子！厂名长沙丰田蓄电池厂，我们以为就在省城长沙，离长沙还这么远，不去了！不去了！"

司机用眼神问黎鹏辉怎么办，黎鹏辉也用眼神示意司机快走，千万不要停车。一路上，尽管刘副局长大发雷霆，黎鹏辉还是极有耐心地介绍他们的厂、他的老板，以及丰田蓄电池厂创办迄今的经历……刘副局长哪里听得进去，他几次试图强行下车，只因自己被丰田厂的两名大将"挟持"在中间而无可奈何。

那时候，行驶路线还是老 319 国道，路窄弯多，车辆拥挤，堵车的事时有发生。其实，84 公里也不能算太远，但由于路况不好，往往要行驶三四个钟头方能到达。好不容易，面包车进入浏阳，休息片刻。这时候，刘副局长已不生气了，用近乎哀求的口气说："你们就放了我吧。我身上也没带多少钱，都给你们，行不行？"看来，刘副局长认为自己是遇上"绑匪"了。

■ 丰田蓄电池厂的产品

这也难怪：首先，来迎接的汽车是那么破旧简陋；其次，厂名与地址不符；还有，居然有限制他自由之嫌。尽管黎鹏辉一路上费尽口舌反复解释，却未能使之放下戒心。

随着汽车进入达浒镇境内，但见砂石路上尘土飞扬，路旁的山势越来越险峻。破旧的面包车在达浒至丰田的简易公路上摇晃，脸庞也蒙上了一些灰尘的刘副局长额上沁出一层细密的汗珠，眼神中充满绝望和恐惧，他有气无力地说："你们到底要干什么？你们要把我弄到什么地方去？"黎鹏辉则始终面露微笑地说："快了快了！"

面包车终于在刘副局长的忐忑不安中驶到了目的地。黎鹏辉抢先下车，然后客气地做了个请的手势。待刘副局长下车，黎鹏辉又向他介绍了等候多时的黎福根，最后还不忘补充一句："刘局长，讲了请你放一万个心，我们不会骗你的！"

刘副局长的心怎能放得下？他凝视着长沙丰田蓄电池厂的招牌，摇了摇头，自言自语道："这样的地方，能生产出什么好东西来。"黎福根亲自为其打来一盆水洗尘。

迎着刘副局长不信任的目光，黎福根坦然地说："'山不在高，有仙则名'，你看看我们的产品到底怎么样再说吧！"

刘副局长在黎福根诚恳热情的指引下，步入车间，但见工人们都按章操作，道道工序要求严格，从外观看，产品也还真不错，他那绷紧的神经稍稍有所放松。最后，在成品仓库，黎福根说出的一番话更是让他颇为惊讶："刘局长，不忙谈生意，我们先将检测标准定下来再说吧！用美国标准还是国际通用标准测试，由你决定。如果测试结

■ 智能低压配电柜

果不行，我送你回广西贵港，一切费用照付！"

听黎福根这么一说，刘副局长的脸上终于绽开了笑容："你可不要吹牛啊！"

后来，根据刘副局长的要求，采用国际 IEC 标准测试，测试结果全部合格。至此，刘副局长一颗悬着的心才完全放了下来，他连声说道："真想不到，这样的山区厂家能生产出这样好的产品……"他当即拍板，签订了 60 万元的购销合同。此后，该单位年年都进丰田厂的货，成了丰田的老客户。那一番"绑架惊魂"，也成了双方的谈资。

第十五章　耳听为虚，眼见为实

1996 年夏天，江西宜春有几家单位与丰田蓄电池厂联系，打算来厂里看看。

这时候，黎福根已意识到了自己企业的外表确实跟不上形势的需要了。陌生的客户，乍一见到山区小厂这副尊容，肯定会放心不下，要多费口舌做解释。于是，当得知宜春的客户已经出发，黎福根便赶到浏阳城区，一为接待，二为挡驾。他希望在浏阳洽谈生意，有产品放在面前，任凭挑剔，何必非要到丰田去不可呢？

可黎福根越是不让他们来，他们就越要坚持前来看个究竟。

双方会面，寒暄几句后，就进入了实质性的洽谈。宜春方面来了一位姓李的工程师，其措辞之激烈、尖刻，令黎福根怀疑他们到底是打算购买蓄电池的客户还是专门来挑毛病的。

席间，宜春的李工程师放下酒杯，冲黎福根说道："你们的销售员说你们的产品能使用 12 年，可你们的厂才办 4 年呀！是不是言过其实了？你们说使用 12 年有什么根据呢？"

黎福根不慌不忙，从容作答："李工，不错，我们厂才办了 4 年。

不过，能用 12 年绝不是不负责任的夸大其词，而是根据我们板栅的腐蚀速率和活性物质利用率，用科学的方法严格而准确地计算出来的。国内外资料介绍板栅腐蚀速率每年 0.26 至 0.3，我公司设计的板栅厚度4.2，就按最高速度 0.3 计算，你看能用多久？这没什么值得怀疑的。"

"我举一个例子吧！南京长江大桥设计使用寿命为 100 年，而至今还不到 100 年，这都是设计的时候计算出来的。这没有人不相信吧！人造地球卫星上天，称其与地球的距离几千公里，谁测量过了？还不都是按严密的科学方法计算出来的吗？我想，不会有人怀疑它的科学性和准确性，你说呢？"

黎福根振振有词，说得包括李工程师在内的宜春代表连连点头。但是，无论黎福根如何挡驾，他们仍坚持要到丰田去看看。黎福根有些尴尬地笑道："只要对我们的产品认可就可以了，何必去丰田呢？我们只卖产品又不卖厂……"

黎福根越是不让他们去，他们就越是坚持要去看个究竟，甚至面对黎福根的推阻，他们心中又产生了怀疑——是不是丰田厂有什么见不得人的事，还怕客户看到呢？不得已，黎福根只好陪客人前往。

久雨初晴，砂石路上，尘土飞扬，遮天蔽日。尽管关紧了门窗，车上的人们一个个身上还是蒙了一层厚厚的灰尘。更糟糕的是，当汽车拐上达浒至丰田的那几公里乡村公路，由于这里刚刚过了一次洪水，路面被侵蚀得坑坑洼洼，汽车摇晃得十分厉害，乘客必须双手抓住车厢内的固定物，否则便会被撞得鼻青脸肿。不巧的是，洪水冲毁的路段一时无法恢复。

■ 丰日电池

黎福根再一次劝客人不要去了，那位李工也真是倔强得很，听说还要弃车步行一段路，仍不打退堂鼓，硬是步行数华里，一定要去看个究竟。

一行人顺着从平江、浏阳界岭上流淌下来的小河，往山区纵深挺进，两边的山岭越来越高，崇山峻岭上的树木遮天蔽日，农舍星罗棋布在各个山冲。当到达目的地时，丰田蓄电池厂那栋洋溢着现代化气息的五层楼房，与周围古老的传统的低矮土木结构的农舍形成了鲜明的对比，使李工程师眼前突然一亮，顿时，旅途的疲劳一扫而光，兴趣来了。只见他擦了一把额上的汗水，兴奋地大声说道："山沟里有这样的建筑物，不简单呀！单凭这一条，我就相信了！"

当兴致勃勃地走进丰田蓄电池厂后，他还是心存谨慎地用他挑剔的目光在丰田蓄电池厂里外仔细察看了一遍，然后，停留在该厂的成品仓库那一排排摆放整齐显眼的电池上，有些爱怜地轻轻抚摸着各类蓄电池，赞赏道："嗯，确实不错，这就叫作酒香不怕巷子深……"他们当即与丰田蓄电池厂签订了 500 万元的购货合同，从此，成了该厂的忠实客户，彼此之间建立了良好的合作关系。

第十六章　大迁徙，创建新的平台
——丰田改丰日

　　俗话说：有战略眼光的哲人，不会是抱残守缺的教条主义。一位成功的企业家，也必须懂得顺势而为、因时而变，才能永远立于不败之地，才能将企业做强做大。黎福根将他的工厂从山沟里搬到现址——国家级浏阳经济技术开发区，就充分说明了这一点。

■ 洞阳（浏阳经开区原工厂）厂景

时至 1994 年初，黎福根的丰田蓄电池厂固定资产已达 1000 多万元。相比于以前，企业发生了翻天覆地的变化，机器先进了，厂房漂亮了。干到这一步，黎福根应该不会再折腾什么了。

可是，1994 年仲夏，浏阳市委决定在毗邻省城、交通便利的洞阳划出一块地皮，创建高规格的工业园。消息一出，黎福根马上决定将丰田厂迁入园内。可是，他的这一决定立即引起了众多亲朋好友的反对，大家纷纷对他说："将厂迁到工业园，那这里刚建不久的厂岂不是废掉了，舍弃这么好的厂房不用，到工业园重新建厂，这划算吗？"工厂一位部门负责人对黎福根说："工业园现在还在筹建，现在没谁进去，政府也只是尝试，万一搞得不理想，那我们把资金投进去不打水漂了吗?!"

如果说广西贵港邮电局以及江西宜春的客户使黎福根的思想有所松动的话，那么，一位领导的一句妙语则彻底解开了他心底的那个疙瘩，使其茅塞顿开："你完全可以在外面条件好的地方挣了钱回来建设丰田呀!"

诚然，不要对丰田致富之路做太狭隘的理解，随着企业的逐年发展，一些自然区位条件产生的困难日趋明显：春夏山洪暴发，公路被阻，产品运不出去，所需的材料无法运进来；出差，即使去一趟省城长沙，往往早晨 5 点出发，晚上 11 点了还回不来。

黎福根对他们解释说："你们能为我想，我很感激，但你们从长远想一想，将厂子迁入工业园是不是要比老待在这山沟里好呢？先不说到工业园后，交通会便利，环境会好，企业形象会提升，单是进工业园后，可享受的经济优惠政策就足以吸引我们迁过去。如果厂子一直守在山沟沟里，我们就永远也摆脱不了山乡小厂的束缚；如果搬入充满机遇和挑战的工业园，那我们厂在大好环境下一定会有更广阔的明天……"

经过换位思考，权衡利弊，黎福根终于下定决心搬家，来一个大迁徙！他向外界透露这番打算之后，就像往热油锅里滴进了一滴水。公司里有相当一部分人，尤其是丰田人，对这一计划表示了强烈的反对。他们认为，在丰田搞了这么多年，一直都搞得好好的，为什么要搬到陌生的地方去，多不方便呀！

骨干企业利税大户的重要举措，浏阳市委市政府也相当重视，为其出谋划策，论证选择理想的地方安家落户。百年大计，千秋大业，可得慎之又慎啊！浏阳近郊有多处地方，省城长沙近郊亦有供选择之地。

经过反复考察、论证，最后，黎福根决定：落户洞阳乡所辖的一片荒山坡。

消息发布后，许多人大吃一惊。洞阳镇那片荒山，人迹罕至，杂草、荆棘、藤蔓漫山遍野，禽兽出没其间，虽有一条小道，但一到晚上，便无人敢在此行走。

成功的企业家必定有战略家的超前眼光，比一般人看得远。诚然，世界上没有常胜将军，胜利与失败的变数就是风险，所谓胆识，说白了就是冒风险。聪明的人类不会因为冒风险失败而放弃进取。

面对一片不理解，黎福根不为所动，他满怀信心地在洞阳的荒山坡前给员工道出自己的谋划：319 国道改高等级公路已经开工，公路修成后洞阳镇距浏阳仅 20 分钟路程，距长沙也只需 20 分钟，距黄花国际机场才 10 多分钟，这么方便的交通，对企业的发展至关重要。虽然这里暂时还是无人问津的荒山，只要路通了，这里就会热起来。而且，正因为人们还没有认识到这一点，地价便宜，地方乡政府又非常支持，给予很大的优惠。

现在，位于洞阳镇的浏阳经济技术开发区已闻名于世，一大片洋溢着现代化工业气息的建筑群是省城近郊最亮丽的风景，令商家看好，令游人称赞。这一景象，二十几年前就在黎福根的脑海里出现过，尽管当时这里还是满目荒山，杂草丛生。

黎福根将企业新址定在洞阳镇的荒山坡上时，319 改道负责人、市政府领导都劝他还是定在浏阳市郊的禧和较合适。那位好心的市政府领导提醒他："你把厂子办在这里，远离集镇，水、电、电话以及员工子女幼儿园这些基础设施怎么解决？"

黎福根则认为，这些困难都是暂时的，只要 319 高速公路贯通，认识到这块荒山坡价值的一定大有人在，那时候，来这里落户的企业肯定不少。随着人口的增加，精明的商家决不会放弃这块风水宝地，商店、电信、幼儿园都将不是问题。

黎福根面对满目的荒凉，头脑中却浮现出一派具有现代化气息的工业区的繁荣景象，人也就变得格外自信，充满激情。

如今的浏阳经济技术开发区，与他当时的想象是何其相似！他用一番不乏幽默的话语回答了市领导："放心吧，这里目前虽然是荒山，不过用不了多久，就会热闹起来……牛奶会有的，面包也会有的！"

　　黎福根的企业决定落户洞阳，首先就得到了洞阳乡政府及广大村民的支持。为了本地经济的发展，政府无不千方百计招商引资，现在有这么一家颇有名气和实力的企业主动要求迁过来，简直是天上掉馅饼的好事呢！

　　于是，就在许多企业还处于观望状态时，黎福根抢得先机，第一个进入工业园，并且征地计划很快敲定，共200亩，第一期工程的105亩于1995年6月正式开工。沉寂多年的荒山坡上传来了推土机隆隆的轰鸣声，惊飞了宿鸟，藏匿山上的禽兽四处逃窜。已经开工了，还有人想看黎福根的笑话，认为他是贪图便宜。确实便宜，每亩地的征收款，付给当地村民的才1050元，付给国土、规划、城建、环保、消防等部门的钱加在一起，总共也不过万元。值，实在是太值了！

　　将征地范围内的山坡推平，之后是搞基础设施，诸如水、电、电话、围墙、护坡、变电站的建设。唯其地价便宜，建设的艰巨便可想而知。为了引来电，必须从邻近的北盛镇一路穿越无数的复杂地域；为了引水，请来地质402队，打了三口深128米的井；电话线则从横山的老洞阳乡政府穿山越岭接过来……这一干，就是整整四年，直到1999年4月，第一期工程才竣工，建筑面积25 000平方米，其中车间面积为15 000平方米，生活区、办公设施亦陆续建设齐全，很快便建起了崭新的厂房。

　　丰田蓄电池厂的大迁徙，抑或说战略转移，让这家持续发展的私营企业跃上了一个新台阶、新起点，区位优势逐渐显现，打心眼里服了黎福根的远见卓识。

■ 洞阳工厂全景（浏阳经开区原工厂）

　　借助迁址，黎福根还顺便完成了企业的商标注册。丰田蓄电池厂到工商局注册时，被告知"丰田"商标已在日本注册，黎福根激动地说："200 年算什么呢？我们丰田村叫了有 1000 多年了！"不过，他这只是气话，日本的丰田商标世界闻名，国家商标局亦有规定，毅然改名为"丰日"，正式命名为"长沙丰日电气集团有限公司"。其意思是：丰，丰收；日，太阳，可以照射到各个角落。

　　丰田改丰日，加上迁址，黎福根要借体制改革的雄风，让企业登上腾飞的新台阶。

第十七章　金杯银杯
不如广大用户的口碑

当丰田蓄电池厂通过了 ISO9002 国际质量体系认证后，丰田蓄电池创立了驰名商标品牌，"丰日"注册商标也被国家工商行政管理局评为"中国驰名商标"，企业的知名度提高了，受到了全国广大用户的青睐和赞扬，并纷纷发来评价反馈信息以示勉励。从而"丰日""中国驰名商标"进一步印证了广大用户的口碑。

下面请分享用户对丰日蓄电池各种产品使用的反馈评价信息：

■ "丰日"注册商标被国家工商行政管理局评为"中国驰名商标"

我局自 1994 年初开始的阀控式密封电池，其容量有 800Ah、1000Ah、1500Ah 及 3000Ah。使用时间最长的有三年多，维护人员反映，该电池质量良好，运行可靠，维护方便及信誉好。

长沙市电信局动力中心电源处

1997 年 4 月 11 日

从 1992 年开始进行农话改制，扩容改造，移动通信和图像等工程建设方面，使用了该公司（丰日公司）生产的阀控密封蓄电池，共 82 组，容量 4Ah~3600Ah 不等。从我局使用情况来看，我们认为，该公司技术力量雄厚，从产品设计、原材料使用，到生产成型和检测手段等都有一套较完善的管理体系。电池系列产品设计新颖、外形美观，安装调试、维护方便。其产品的使用年限和内在质量合乎部颁标准的要求，在同行业处于领先水平，我们使用至今从未发生过由于蓄电池原因而造成的通信障碍，或影响通信的事件，通信服务及时周到，信誉好，价格合理。

长沙县邮电局

1997 年 2 月 2 日

我局于 1995 年试用丰日电气集团股份有限公司阀控式密封免维电池：

　　1995 年 48V300Ah　4 组

　　　　　　48V500Ah　8 组

　　1996 年 48V300Ah　4 组

　　　　　　48V500Ah　20 组

　　该蓄电池运行至今，质量稳定，可靠，且售后服务周到，使用户可以放心。另 1997 年元月订购 48V500Ah10 组。

　　　　　　　　　　　　　广州市电信局动力处

　　　　　　　　　　　　　1997 年 1 月 20 日

　　由丰日电气集团股份有限公司提供给长沙车辆段 10 个改进型 200Ah（12V）阀控式密封铅酸蓄电池，自 1997 年 4 月起陆续在本段空调电车上装车使用。（柴油发电机组启动蓄电池）经试验，蓄电池性能状况良好。该蓄电池容量大，自放电小，维护保养方面得到发电车乘务人员好评。

　　　　　　　　　　　　　长沙车辆段技术室

　　　　　　　　　　　　　1998 年 1 月 16 日

　　电池型号：2V3600Ah，电池数量 48 只，出厂日期：1995 年 1 月，使用日期：1995 年 6 月。

　　电池使用情况：充电设备为武汉产自动均充浮充设备，两组电池为并联使用，负载电流为 640A，浮充电压 540V，单体 2.23V~2.26V，电池为高桶扁极柱，并有铁架防护。现场分析及处理：电池外表完好，容量充足，无漏酸现象，使用情况正常。

益阳市邮电局

1999 年 6 月 2 日

下面这则资料则用较为详尽的技术指标充分说明了丰田公司产品的各项性能。

丰日电气集团股份有限公司于 1997 年 6 月 21 日在我段 SS4119 机车上进行装车试验，截止到 1997 年 12 月 23 日共行走 56 799 公里。

从运行来看，有下列优点：

1. 蓄电池性能稳定，蓄电池容量能满足机车小压缩机打风要求，小辅修时观察蓄电池空载电压在 100V 左右，比未改造前解高 10V 以上。

2. 可以做到免维护，不用加蒸馏水及电解液，大大减轻了工人的劳动强度。

3. 克服了原蓄电池漏液、单节亏电、接地等故障，自装车以来未发生任何因本身质量问题而造成的机破及碎修。有效防止了原装蓄电池漏液造成的变压器烧损。

4. 蓄电池易清扫，连接线紧固可靠。

5. 电力机车蓄电池只在 10 月 6 日小修时进行充电，充电

4 小时~6 小时，充电时间短。节省人力三分之二以上。此种
蓄电池可以完全代替原蓄电池在电力机车上使用，运用试验
受到机车乘务员和检修人员的普遍好评。建议进一步考核此
蓄电池的性能。

郑州机务段技术科

1997 年 12 月 23 日

上述用户对丰日电气集团股份有限公司产品的评价，足以说明
"金杯银杯不如用户的口碑"。

■ 公司获 2021
年度"湖南省守合同
重信用企业"称号

第十八章 一纸公文封杀
变相独裁垄断

用户对丰日公司蓄电池产品的评价，足以说明该产品的质量如何，但是，质量再好，人家照样封杀不误。

改革开放以来，神州大地涌动的经济浪潮，冲垮了顽固保守的计划经济的大堤。市场经济，一开始就显示了勃勃生机及强劲迅速发展的势头。实践雄辩地证明着还将继续证明只有市场经济才能改变中国一穷二白的面貌。

部分中饱私囊者独揽大权，以权谋私，为了获得巨大的贿赂，冒天下之大不韪，采用一纸公文保护劣质产品，以次充好而使国家财产蒙受损失。针对这种情况，中华人民共和国颁布了《反不正当竞争法》，即使如此，以身试法者亦大有人在。

中央电视台《焦点访谈》报道过北方某市液化气总公司在供气的同时，一纸公文，强制用户购买该公司所属厂家的液化气灶具，否则不予供气，致使质量低劣的灶具充斥市场，导致用户蒙受损失，市民叫苦不迭。

无独有偶，南方某市则由公安系统通告辖区范围的机动车辆一律要购买指定厂家的报警装置，否则便会带来一系列麻烦，司机们一个个忍气吞声地认了。谁吃了豹子胆，敢摸老虎的屁股？

虽然上述两宗公案经媒体曝光，历尽艰辛得到了处理，但这种仿效独裁的方式仍有出现。丰日电气集团股份有限公司的蓄电池就遭到过湖南省邮电局某人的封杀，一提起这事丰日人就面色凝重，忧心忡忡。

追根溯源，那是 1993 年 5 月，湖南省邮电管理局在益阳举行"165 工程"招标会。"165"意即 165 万门程控电话工程。丰田应邀参加了这次招标会。那时，丰田的产品在全省邮电系统占了 80% 的份额，用户遍及全省各区县（市）、乡镇，均反映其产品质量稳定，价格合理，服务周到，比使用外省的方便，有地理区位上的优势。就在丰田（当时企业全称为"长沙丰田化工电源实业有限公司"）以稳操胜券的势头出现在招标会上的时候，一个意想不到的情况发生了：邮电系统的一些用户对丰田表现出前所未有的冷淡面孔，不言而喻，这次招标会上丰田失败了。不久丰田就明白了真相，原来是湖南省邮电管理局个别领导从中作梗，发出了指令，要求在省局指定的生产单位购买，否则将予以处理。黎福根与省局交涉，没有结果，该局依然我行我素，至 1996 年 1 月 13 日，干脆下文明确规定："湖南省邮电工业公司生产的通信产品，全省邮电企业自销，凡此类通信产品各企业必须内购，不得从外采购。"在第十三条中这样规定："对邮电物资供应工作中的违纪行为（包括借故不使用工业公司产品），要严肃查处，违反本规定的，取消企业评选资格，按承包经营责任书考核扣分，并追究企业领导责任，情节严重的，则根据情节分别对责任人处以经济处罚、党纪政纪处分，直至追究刑事责任。"

可见封杀手段的气焰是何等嚣张，居然敢视党纪国法于不顾，简直不可一世，竟敢对不听话的"下属"进行恐吓，居然还挥舞着"追究刑事责任"的杀威棒。这是什么概念？人们不禁要问，你有这样的权力吗？

文件一再强调务必购买工业公司（即湖南省邮电局 1996 年在望城创办的湖南省邮电器材二厂，后更名为湖南省邮电工业公司）的通信产品，该公司建厂时间短，质量技术不稳定，原来是生产配电架的，见丰田的产品销路好，也盲目跟着上，由于规模小、型号不齐，质量不过硬，产品销不出去。

邮电系统属垂直管理，局长操持着生杀予夺大权，湖南省邮电局的《96 暂行管理办法》对全省邮电单位来说等于一道圣旨，为了强调其旨意不得违抗，1997 年接着又下了内容相同的文件。1998 年，局长又在全省邮电局长会议上再一次强调了他的指令。

这样一来，丰田公司在省内市场占有的份额大大削减，由几千万元的年销售量锐减至不足百万元。着急的不仅仅是丰田，还有省内的基层邮电部门，他们称赞丰田公司的产品质量过硬，服务周到，但由于上级干预，他们不敢使用，希望丰田公司与他们的"婆婆"疏通关系。

上述情况足以说明丰田公司的产品质量再好，人家照样封杀不误。无奈之下，黎福根先后五次找湖南省邮电管理局交涉，可是局长根本不与他见面。办公室人员更是不耐烦地打发他走："这样的事不要找我们局长！"黎福根还想申辩，结果却被逐出门外。

黎福根费了很大的劲，找到了局长的手机号码。在黎福根的恳切陈词下，局长出于无奈，随口说了一句："星期一到我办公室来！"

在约定的日子，黎福根早早到办公室门口恭候。一直等到9点多钟，局长的身影才出现。黎福根急忙迎了上去，谁知来人并不理会，擦肩而过，几步迈进办公室，"砰"的一声将门紧闭。

这时候，一再忍耐的黎福根生气了，冲行政办公室的人说道："既然约了我来，又避而不见，我们今天专程从浏阳来此，走了100多公里……"

办公室人员将他往门外拖，说："你们不要在这里闹，我们局长不会接待厂家，要找就找王副局长吧！"

不待黎福根反应过来，省邮电局办公室的门在他身后"砰"的一声关上了。他在门外怔怔地站了片刻，真是欲哭无泪。他受过太多的委屈，遇到过无数不公的待遇，这些经历反而造就了他坚韧的性格。与此同时，使他感到欣慰的是，他也得到过不少的鼓励、信任与支持。他的相册里，珍藏着与李志民将军的合影，参加军地两用人才大会，与江泽民、李鹏等中央首长的合影……一系列荣誉是对他事业成功的肯定，可此时此刻，在省直属一级的行政部门，他却像乞丐一样被拒之门外，为什么？

与之同来的下属担心地看着他，黎福根思想上经过短暂的波动之后，逐渐平静下来，失望、彷徨、痛苦终于被坚忍不拔、不达目的誓不罢休的意志所替代。既然自己没有错，就绝不能放弃，一定要抗争到底。中国的法制日趋完善、健全，省邮电局的这种做法分明违反了

《中华人民共和国反不正当竞争法》。作为一家企业，毫无道理地放弃本省市场，舍近求远，绝不可能！

既然说可以找王副局长，就去找他吧！看看他是什么态度，再决定下一步该怎么走。王副局长还算热情地接待了黎福根："张局长忙不赢，有什么事你可以跟我讲。"

"那好，"黎福根虽然尽量控制自己的情绪，仍然不免激动地说道，"165 工程之前，全省邮电系统使用了我们那么多产品，大家都很满意。按道理，你们完全应该接着使用，何况你们系统内部都一致有这样的要求，可是，你们却接二连三地下文件，只准使用你们二厂的产品。要保护自己系统的企业，我可以理解。但是，我们都是本省的企业，应该公平竞争……"

对黎福根的一番慷慨陈词，王副局长始终是一脸的微笑，不时点头，或者摇头，却绝不正面作答。因而，无论黎福根的理由有多么充分，也不会有结果的。

就在此后不久，湖南省邮电局又以湘邮〔1998〕第 244 号文件规定："不得购买其他厂（商）同类产品，其主管部门和使用单位不得以招标等形式拒绝选型和采用。"

黎福根仍不放弃，曾先后多次给局领导写信，今选录一封如下：

局领导：

您好！我 4 月 20 日一封长达 6 页的来信，想必您应该收阅了吧，但至今未见您片言只字的答复，不知何故？我的来信是真诚善意的，虽然水平有限，有些词语不当，望您批评指教。贵局 1996、1997、1998 三年下发三个文件，不准使用邮电系统外企业的产品，进行行业保护。我走访了有关单位，都认为贵局的做法是错误的，是违反市场经济法则的，文件是非法的，他们建议我通过新闻媒体及法律途径解决。我一直怀着真诚美好的愿望，希望能增进了解来解决，但我的信发出却如石沉大海。

贵局实行行业保护，这种保护在市场经济的大潮中最终是保不住的，最终只是枉费心机。我公司产品通过了 ISO9002 国际质量体系认证，又通过了邮电部器材质量认证和总参谋部、广电部等质量认证，并颁发了入网证，允许在全国邮电公用网销售，而贵局企业未有这些手续证件而强行下属邮电局使用其产品，这叫我们如何想得通呢？此事望您三思，给我一个答复。

此致

敬礼

黎福根

1998 年 6 月 5 日

黎福根的这封信又和此前发出的几封信一样石沉大海。

作为湖南省人大代表的黎福根，他的遭遇引起了省人大领导的关注。省人大法工委一位负责人手持湖南省人大常委会的批件去找省邮局领导，一连几次均遭拒绝，该负责人生气道："我到中央见首长都比这容易！"

鉴于丰田公司遇到的困难，浏阳市人民政府于1998年4月20日向省人民政府发出《关于协调解决不正当竞争问题的请示》，请求省政府协调改善好省邮电局与丰田公司的关系。省人大常委会副主任罗海藩、副省长郑茂清再一次做了重要批示，而省邮局对此则一直不予理睬。

■ 质量管理体系认证证书

虽然一再交涉无结果，但黎福根始终没有放弃，相反，他对打破这种垄断充满信心。全省各地凡属用过丰田公司产品的邮局，不但口头赞赏该公司产品质量过得硬，还出具了那么多书面证明。

不，绝不放弃，一定要据理力争！

第十九章 一波未平，一波又起

然而，就在这当儿，一件让人意外的事发生了，令黎福根目瞪口呆。真是一波未平，一波又起。

1997 年秋，湖南省境内许多县（市）邮电局长先后收到所谓"知情者"的匿名信件。全文为："收到此信后 7 天内通过个人活期账户到银行电汇（2500+600×2=3700 元）到以下指定账号，否则我将向检察院反贪局举报你收受长沙丰田蓄电池公司贿赂之事（10%）两项罪名，受贿罪及财产来历不明罪，到时你将失去位子、房子、银子，将入狱几年。受贿，你当然不止一次，而心疼那些钱也不过是你举手之劳（非合法收入），只此一次，今后永不打扰，只有合作，才能共同致富，否则……"署名"知情者"，信下角："请核对，户名：陈志伟，开户行：农行柳州分行飞鹅办云岭所，账号 638161004–10001040"。

这些基层的邮电局长收信后十分生气，迁怒于丰田公司："我什么时候收过你们一分钱贿赂?！何以加害于人！"

黎福根请某位局长传真一封信过来看看，亦大感意外，反复思忖，决定报案，一定要查个水落石出，还客户一个清白。在公安立案的同时，丰田公司给各县（市）邮电局发出《关于戳穿"知情者"匿名信阴谋的函》，声明几点：

"第一，我公司自建厂以来从来没有陈志伟其人，也不知陈志伟为何许人也；第二，公司从未给过任何个人所谓的'回扣'，公司财务管理制度健全，账目一清二楚，随时可以接受检查；第三，检举揭发本来是光明磊落的正义之举，且受法律保护，完全可以理直气壮名正言顺地向司法部门举报，为什么要隐姓埋名，用匿名信的方式把信发至各邮电局呢？这显然是一个不可告人的阴谋诡计；第四，捏造内容千篇一律，每个局都是'受贿3700元'，每个邮局'回扣'比例均为10%……综合以上分析，一目了然，作案者借反腐倡廉之机，既想敲诈一笔钱财，又企图损害我公司的声誉，挑拨我公司与全省各邮局的关系，达到不正当竞争之目的，殊不知此举同样损害了一贯廉洁奉公、敬业工作的我省邮电系统干部的良好形象……"

浏阳市公安局接到报案后非常重视，抽专人着手侦查。诈骗案很快告破，真相大白。原来此案系广西贵港市桥圩镇梧村村民谭有林所为。该嫌犯自1997年元月以来，先后向广西、贵州、湖南各县（市）邮电局不具名或以假名、冒名等邮寄信件，进行威胁要挟，以达到敲诈勒索财物的目的，该嫌犯于1997年9月4日被容县公安局抓获。

案件告破后，丰田公司及其主管部门市乡镇企业局向全省收到匿名信的邮局去函说明原委，但这一道横亘在制造商和用户之间的无形障碍一时却很难解除。

与湖南省邮电管理局的问题一直拖着，迟迟未能解决。不过，令黎福根感到高兴的是，邮电改制后，湖南省移动公司对丰日公司的产品非常信任，总经理王建根表态："只要你们的产品质量有保证，价格合理，服务到位，为了扶持湖南本省的企业，促进当地经济发展，我们一定不会舍近求远。"

2001年，丰日公司在湖南省移动公司的销售额已突破1000万元，到2013年在中国移动的销售已达每年数亿元。

第二十章 五年攻破难关 进入国际市场

日本的"好牌"蓄电池，用加碱补液进行维护的方式，不可避免地有碱液流出来，对环境造成污染。镉是对环境造成严重污染的重金属，不能分解，不能回收，如果得不到有效的控制，就会对人类赖以生存的环境造成巨大的危害。

丰日集团公司生产的地铁专用新型免维护密封铅酸蓄电池通过了 ISO9002 国际质量体系认证，"丰日"注册商标被国家工商总局评为"中国驰名商标"，被国家铁道部认可的高质价廉的品牌产品，在广州试用，顺利通过了专家鉴定，是赶超世界先进水平的产品，填补了国内地铁电池的空白，从根本上解决了镉镍电池的缺陷。从某种意义上说，这是我国科技领域的一次革命。

中国经济快速发展，举世瞩目。然而，在发展的过程中，也出现了诸多不容忽视的问题。比如，环境污染的问题就显得尤为突出。一些地方官员为了片面地追求经济增长，不惜以牺牲环境为代价，仅凭新闻媒体所披露的问题，就触目惊心。治污成了令人头痛的大事。

常识告诉人们，应用范围广泛的蓄电池，其成分中有多种物质是不能分解的，一旦产生，它就永久存在，会对环境造成污染。因而，收集废旧电池成了环保的重要内容之一。新闻媒体经常报道民间个人收集废旧电池集中处理的先进事迹。丰日集团是生产蓄电池的专业厂家，用户遍及全国各地，使用他们产品的不计其数，丰日人对电池性能的了解自不待言。黎福根打从创办企业以来，就定位于节能、环保，这是他毕生的追求。他组织科研人员，为研制环保型的电池，耗费了大量的人力物力，终于取得了突破性的进展。这种新型的密封铅酸蓄电池，广泛用于地铁、高铁、电动车等领域。

丰日研制这种主要用于地铁的免维护密封铅酸蓄电池，始于 2000 年。为了做到无碱流出，减少对环境的污染，根据地铁的特点，采用进口 PC-ABS 合金配方，整个电池的结构也进行了大量改进，解决了漏酸等弊端。这种地铁专用的新型密封铅酸蓄电池在广州试用，情况良好，顺利通过了专家鉴定，填补了国内地铁电池的空白（国家发改委还颁发了国家产业化示范先进单位牌匾），从根本上解决了镉镍电池的缺陷。从某种意义上说，这一次蓄电池科技领域的革命有了极大的进展和成功。然而，这次蓄电池的"技术革命"没能得到很好的推广和普及，进行得很不顺利，颇为让人忧虑重重。

那是 2006 年，南方某大城市有一个较大的地铁工程需要购进一批蓄电池。丰日集团对这一商机十分重视，携带相关资料、数据、样品，前往那座现代化大城市。丰日人满腔热忱而来，谁知热脸贴了冷屁股。那位相关部门的领导，态度居高临下，口气拒人于千里之外，连讲话的机会都不给。但丰日人不灰心，一次次地登门造访，大有不达到目的绝不罢休的劲头。该市地铁建设部门无可奈何，也许是被这种韧劲缠得没法子了，才答应接见他们。

可是，见了面还是没有用，该地铁负责人固执己见，"好"牌镉镍电池的弊端虽然很多，可全世界的人都在用啊，中国的许多行业不是也在使用吗？个别领导对丰日的最新产品持怀疑态度，你哪怕是说破天他也不为所动。他直言不讳地说，我们用惯了"好"牌电池，一直在用，至于对环境的污染，我们管不了那么多，也不是我们的责任。

丰日人谈及地铁使用的蓄电池创新技术，对方听不进去。该领导人甚至还要强词夺理，反过来说丰日生产的这种电池污染环境，有环保问题，不能用。这真叫人哭笑不得。无奈之下，丰日人只好耐着性子再做一番解释：这是一种创新产品，比镉镍电池要好得多，而且能够回收，不影响环保，符合循环经济的精神。国家发展改革委员会也发文鼓励使用这种电池，联合国环境组织也下文限制使用镉镍电池。该领导人真是顽固得很，在这样的情况下还是拒绝使用丰日的蓄电池。究其原因，还是官僚主义作怪。他是这样考虑的：使用老产品，即便出了问题，他也不用负责任。如果改用新产品，万一出了问题，谁来负这个责呢？

明知山有虎，偏向虎山行。这是企业家在决策中最可怕的品质，同时又是最可贵的品质。当初，丰日要上马"密封铅酸蓄电池"这个项目，向日本名牌"好"牌蓄电池发起冲击，就是黎福根在丰日董事会上的决策。在许多人看来，这颇有几分"蚍蜉撼大树，可笑不自量"的感觉。业界人士都知道，日本好牌蓄电池是国际著名品牌，历史悠久，在市场上、用户心目中的牢固地位很难动摇。丰日这样规模的企业，根本不在一个级别上，要与之叫板，谈何容易！对此，黎福根何尝不知呢？唯其如此，他这位在创业的道路上多次敢吃螃蟹的企业家，经过反复思考之后才做出这样的决策。企业始终是追求利润的，黎福根认为，而与世界名牌竞争，则必然存在着更大的利润空间，并且还可以节约外汇。这是一种远见卓识，但也要有竞争实力，否则就只是一种妄想。

事实上，早在20世纪末，丰日就开始了铅酸蓄电池的研究。至2002年，这种环保型主要用于地铁轻轨的免维护密封铅酸蓄电池终于研制成功。尽管那时候，丰日的事业正处于快速发展阶段，生意也做得顺风顺水，但黎福根非常理智，也很清醒，能够居安思危。

研制一项新产品是艰难的，它需要全体参与者付出智慧和汗水，然而要使之投放于市场，转化为商品，又是一场攻坚战。就以丰日研

■ 地铁车辆用阀控式密封铅酸蓄电池研究成果鉴定会在公司宾馆三楼召开

制的免维护密封铅酸蓄电池来说，尽管他们的销售人员袋里装着相关权威部门核发的一系列文件资料，但对方连正眼都不愿看你一下，不给你说话的机会。这关如何攻啊！为了攻下南方某地铁这一关，丰日集团花了整整五年时间。销售人员都先后更换了三班。第一班人员，搞了一年多，见毫无进展，失去了耐心；第二拨人员，在南方某地铁部门守候了又是一年多，没有效果，也退了回来。

黎福根看着无精打采归来的销售人员，一副身心俱疲的模样，也不好过多地指责他们。平心而论，他们并非不努力，而是这道关确实难攻。对此，黎福根是有心理准备的。再派谁去呢？去的人，具备攻关的能力固然重要，但还要有毅力和韧劲，并且不计较个人得失。

黎福根思前想后，几乎所有员工都在脑海里过了一遍，还是拿不定主意。最后，他决定让自己的长子黎康上。有道是"打虎亲兄弟，上阵父子兵"，黎康早已成为公司高管，他知道丰日为此所付出的代价，如果不能走向市场，再好的产品也失去了实际意义。他佩服父亲的战略眼光，人无远虑，必有近忧。如果这项产品为市场接受，丰日每年将增加数千万元的利润。

俗话说："知子莫若父。"反之，知父莫若子。从父亲披荆斩棘创业几十年所走过的道路，黎康深知，攻下地铁这一关对丰日是多么重要。他想，自己既然是公司高管，就不该将压力都搁在已不年轻的父亲肩上，应该为父亲分担重任了。黎康觉得，在这关系到企业能否再振雄风的紧要时刻，父亲将如此重要的任务交给自己，这是一种期望，更是一种信任。于是，黎康带领他的助手黎健康义无反顾地前往南方某地铁公司。明知山有虎，偏向虎山行。

黎康他们在南方某地铁的攻关，硬是拿出了一种"敢啃硬骨头"的精神，不怕碰壁，不畏对方拒人于千里之外，想方设法面对强手。他和助手几乎踏破了南方某地铁相关部门的门槛。有道是"精诚所至，金石为开"，黎康他们这种愚公移山的精神终于感动了"上帝"。2007年4月，南方某市地铁轨道有限公司认可了丰日研制的这种蓄电池产品，并答应"试试"。

然而，正当黎康和他的助手松了一口气，准备在4月16日如约上门去签合同时，4月13日，提前三天，又被该公司告之签约取消。黎康颇感意外，他和助手登门询问原因。得到的答复是单位人事变动，那位曾经答应与丰日签约的副老总反悔了，他还是担心，认为用丰日的产品存在风险，才决定取消这项签约的。

作为一名国有企业的领导，循规蹈矩，长期使用日本"好"牌蓄电池，安全性能有保证，即便出了问题，就个人而言，他可以不负任何责任。丰日的这种新型蓄电池，也许确实有诸如环保等诸多优点，但如果出了问题，恐怕对自己头上的乌纱就有妨碍了。怎么办呢？黎康和他的助手紧急商量对策。

这时候，他们想到了株洲电力机车有限公司。该厂在国铁上多年使用丰日研制的密封免维护铅酸蓄电池，包括总工程师在内的所有中层技术人员都认可丰日的。黎康再一次登上南方某地铁公司的门，递上株洲电力机车总厂的推荐函。为此，该公司召开了一个技术会议，专题研讨丰日的产品，公司的高层领导都参加了。会上，那位坚持反对的副老总提出新的理由：丰日的产品存在环保问题（实际上是他弄错了，正好相反）。怎奈他是代表车辆专家讲话，没有人持不同意见。于是，这一次的交涉，又是无疾而终。虽然丰日后来做出了努力，可是递上去的材料没有人理睬。

丰日集团黎福根董事长对南方某地铁部门的情况高度关注，眼见毫无进展，思之再三，他决定亲自去找国家铁道部的领导。铁道部的一位领导对丰日是了解的，他立刻给南方某地铁部门负责人写信推荐丰日产品。这封信起到了一定的作用，但关键还在于该公司的人事变动，那位一直持反对意见的副老总被调离了。

至此，丰日生产的蓄电池终于得到南方某地铁部门认可，正式投入使用，前后费时整整五年……

继南方某地铁公司之后，丰日又与广州地铁部门签订了两份合同，还接下天津轻轨一条线的大单。

此后，丰日集团以南方的广州、深圳为根据地，向北方辐射：北京—上海—重庆。已经做了前期论证，并实地考察，2009 年，一次性拿下三个项目，计 3000 万元。

至此，从南到北，大城市的地铁系统大都了解了丰日，认识了丰日，接受了丰日，再加上国家权威部门多次发文对丰日的产品予以肯定、推介。丰日生产的密封免维护铅酸蓄电池的影响越来越大。由此，丰日集团迎来了前所未有的新的发展时期。

取得如此骄人的成绩，离不开丰日集团从高层领导到普通员工的齐心协力的拼搏精神和咬定青山不放松的韧劲。集团黎福根董事长多次主持召开地铁专题会议，亲自接待有关地铁方面的来客，释疑解惑，对工作的进展提出具体要求，使一些难题得以突破。

比如说，2008年下半年，广州三星线向北延伸至机场，这条地铁属亚运会项目，工期紧。德国西门子公司中标后，广州用户召开了三次技术论证会。丰日集团提供的数据，遭到了西门子公司的拒绝，该公司称宁愿用贵一些的产品也不用丰日集团的，说没用过不放心。为此，一拖数月未决，丰日集团便将西门子公司的人请上门来，看产品，使之了解和熟悉丰日。功夫不负有心人，丰日的产品终于进入目录，并最终成功。这次成功的意义还在于丰日产品从此走出了国门，进入了国际市场。丰日用密封铅酸电池替代日本、德国镉镍碱性电池成功，被国家发改委授予国产化示范单位。

尤其在全国铁路系统电池与地铁轻轨轨道交通电池中占据了绝对主导地位，并出口巴西、阿根廷、澳大利亚等数十个国家和地区。近年来，丰日的产品陆续获得了中国石油、中国石化、中国海油的准入认证，并获得军工认证许可，开始进入军工市场。

第二十一章　新产品空气电动车开过来

　　空气电动车的核心问题就是解决电池的续航和安全问题。丰日公司历经 10 多年的钻研，新产品空气电动车和系列电动车，终于陆续从厂区开出来了。

　　早在 2003 年，黎福根通过对政策和市场的分析，认为电动汽车一定会是未来发展的趋势。于是，他成立了丰日福悦新能源电动车有限公司（以下简称为"丰日"），着手这方面的探索。历经 10 多年的钻研，成功研制出了空气电动车和系列电动车。公司生产的电动观光车、电动微型卡车、电动巡逻车、倒置三轮车、防爆电动车、电动搬运车等，广泛应用于公安系统、旅游景点、绿地公园、休闲度假村、智能

■ 丰日集团研制的空气电动汽车

生活小区、别墅、游乐场、大型厂区、机场、石油化工厂、鞭炮烟花厂、企事业单位等场所。

众所周知，电动车的核心问题就是解决电池的续航和安全问题。归结起来，不外乎三点：一、本身的重量要减轻，太重则难以负载；二、解决能接受快速充电的问题；三、解决电池的比能量问题，即同样的体积但能量须更大。而他的公司恰恰在电池研发方面具有巨大优势，为了夯实基础，他还专门在丰日电气集团成立了技术研发中心，致力于研发符合电动车的新型动力蓄电池，为产品转型升级、企业持续发展积蓄力量。

经过十余年的发展，丰日科研攻关小组对这三个问题进行了长时间的专题研究，效果显而易见，已经初步做出了样品，又与中国科学院上海高等研究院罗会明合作，加快了研制步伐，并在研制的试验中不断改进和完善，终于获得了成功。丰日的事业又有了新的辉煌。

目前，电动车公司拥有高级工程师 10 名，工程师 12 名，其他技术人员 37 人，获得了 19 项国家专利，2 项发明专利，2 项国际专利。系列产品已通过国家质量监督检验检疫总局的检测，取得了国家特种设备生产制造许可证、工信部上路上牌认证；其电动防爆车通过权威机构的防爆认证，倒置三轮车通过了欧盟认证，并出口瑞典等国。

为了研制电动汽车，从 20 世纪 90 年代初开始，黎福根就花了大量精力用于电动汽车的调研，为日后上马这个项目做准备。他走访了许多地方，对电动汽车进行市场调查。通过调查得知，无论是国内还是国外的电动汽车，使用的无一例外都是锂电池、镍氢电池或者氢燃料电池，价格昂贵，一辆车在 40 万至 80 万元之间，一般消费者根本就买不起。这样的电动车，难以推广，丰日便提出了要让客户买得起、用得起的大胆想法。

丰日集团研制电动车，一开始黎福根就提出了一个原则性的问题：不照样画葫芦。在基础理论的指导下，要冲破条条框框的束缚，把技术创新和以人为本的人性化理念贯彻在整个设计中去，力争在电动车的各个部分都有所创新，能成为公司自主拥有的知识产权、充分体现特色和个性化的创造性产品。

在设计时，他要求对电动汽车进行整体的周密考虑，布局合理，结构力求简单，把目前的先进技术和创新融入其中，使产品重量轻、阻力小、续驶时间长、爬坡力度强；使用方便、操作方便也要纳入重要的考虑范围，有效的电能补偿更要在设计中得到充分体现。

总而言之，他要求丰日研发的电动汽车做到扬长避短、博采众长、勇于创新，追求最佳的优化整合与设计，实现生产成本、使用成本的最小化。

■ 黎福根董事长与中南大学黄伯云校长合影

根据市场调研得来的资料，分门别类进行有针对性的研究，2006年8月，黎福根与中南大学合作，正式成立了丰日化学电源研发中心，主要研发与电动汽车配套的、比能量高于现在电池5倍的可充式锌空气电池。使用这种电池，比能量高，车辆轻；如果使用铅酸电池，则比能量低，车辆重，加之电动车没有爆发力。

最后，黎福根决定还是使用压缩空气，暂时使用铅酸电池，目的是可以增加爆发力，爬坡有劲，以此来节约成本。设计每跑100公里电费为8元，每充一次电可行驶300公里，空气为零排放，确保无污染、无噪声，充分利用太阳能、风能、压缩空气做补充能源，以电池与超级电容合并为一体的双电源为主要动力，另外以压缩空气为主，以太阳能、机械能为辅的清洁能源，并通过多种方式节约电能、提高转换效率、减少传动损失的乘坐四人的电动轿车。

设计车架车身的基本思路和要求：追求最佳的外形效果，独具魅力的"身材"，内外亮丽，线条优美，在限定的尺寸中拓展空间利用的最大化，视线良好，乘坐舒适，重量轻，阻力小，排水畅，整体的强度和稳定性、安全性要贯彻到设计中去，尽量减少材料，最大化地利用轻质耐用的材料。

电动汽车车身车架整体设计和局部改进设计与分析：此种设计包括造型与结构两大类，后者是以前者为基础进行车身强度设计和功能设计，为其找到合理的车身结构式造型设计的过程，设计质量的优劣关系到车身内外造型能否顺利实现车身各功能的正常发挥，所以说它是完成整个车身开发的重要环节。结构设计必须兼顾造型设计的要求，充分考虑结构强度，防尘、隔噪等功能及其他装置的装备性，以及制造工艺的要求，优化的结构设计可以充分保证汽车重量的减轻，进而达到改善整车性能及制造成本降低的目的。

完成车身结构设计，首先要明确车身整体的承载形式，并对其做出局部载荷分析，确定各梁的结构形式和连接方式，特别是空气电动汽车。总之，车身结构设计问题是车身开发中较难的问题，必须认真分析注重，不可掉以轻心。

上述对电动汽车车身整体和局部改进结构的分析、探讨，装有太阳能发电装置的电动轿车车身结构设计的方法，以及诸多应注意的要素，对电动汽车轿车的车身及车架设计是很有帮助的。为了能使电动汽车更进一步降低能耗，在不影响强度的情况下，尽量多采用非金属材料及注意车身的防腐设计。丰日所追求的是轻量、低风阻车身。

2007 年 11 月 28 日，在丰日集团的创业史上，是一个应该被记住的日子。整个厂区人声鼎沸，笑语喧哗，因为，他们的黎福根董事长历时十几年精心研制的第一辆空气电动车马上就要进行试车了。

初冬季节，乍暖还寒，九点钟的金色阳光穿透一层薄薄的白雾，斜射到厂区绿叶团团如盖的林荫掩映下的宽阔的水泥道上。路两旁站满了员工，还有闻讯赶来看热闹的当地群众，大家都翘首以盼。终于，研制电动车的车间那扇大铁门被徐徐开启，一辆半成新的夏利牌轿车缓缓驶出大门。坐在驾驶员座位上的是一位中等身材年约半百的汉子，他就是总工程师张声良。他亲自驾驶。从外表看，这就是一辆普通的轿车，只有打开车头车尾的盖，才能看出它与以内燃机为动力的汽车的不同之

■ 丰日生产
的电动观光车

处，里面分别是一排排组装的蓄电池、充电装置和纵横交错的电线。

丰日集团研制的第一代电动车，采用了多种能源整合，每次充电之后能续驶 300 公里以上。但张声良还不满意，他认为需要改进的地方还很多，还要好好总结经验。在黎福根董事长的支持下，在第一代车的基础上，研制第二代车的计划进入了实施阶段。张声良认为，电动车还远远谈不上完善；电动车是蓄电池的延伸，它的前景十分广阔，大有可为。

一提起丰日研制电动车所取得的成绩，张声良郑重地强调道："丰日电动车的研制成功，关键不在我，而在黎董。他是我们的总设计师，我仅仅是一名贯彻他的设计思路的技术人员。没有他的智慧，就没有丰日，丰日电动汽车更是无从谈起！"

第二十二章 丰日蓄电池开辟江西战场

其实，在丰日电气集团股份有限公司蓄电池开辟江西战场之前，早在1996年夏天，江西宜春就有好几家单位已成为丰田蓄电池厂的老用户。因为从丰田过渡到丰日后，产品质量过硬，在老用户们的宣传和介绍下，这些年来宜春的用户越来越多，并且成了丰日的长期客户，彼此之间建立了友好而相互信赖的关系，生意越做越大。那时也许由于好奇心驱使，他们派出几位代表慕名赶到丰田蓄电池厂一探究竟，便出现了前文所描述黎福根赶往浏阳市区挡驾的情景。

直到有一天，一位宜春的客户半开玩笑似的建议说，我们宜春信

■ 江西丰日厂景

得过丰日蓄电池，而且用户多，用量大，干脆把丰日建到我们宜春来，免得我们跑来跑去，既浪费时间，又浪费资金……

说者无意，听者有心，此话被大家传来传去，终于传到了黎福根和宜春市招商引资办领导的耳中，同时引起了双方的重视。宜春招商引资办公室经研究觉得这个建议很好，是个招商引资的好机会；而黎福根也没有闲着，他召集董事会高管开会研讨，一致认为这是个走出去占领市场的好时机，经董事会研究决定进军江西宜春。于是双方派要员前往洽谈，一拍即合。谁知一句玩笑真的促成了这桩良缘。

不过，黎福根在洽谈之前，为了对宜春有更进一步的了解，亲自对宜春进行了考察：宜春是江西省西北部的一个地级市。南邻省会南昌，北接与湖南省接壤的萍乡市。宜春历史悠久，这座城市以美丽的风景和宜人的气候而闻名。宜春的街道充满生机和活力，这里经济繁荣，居民生活水平高，而且人民非常友好、诚信。

江西人自古以会经商著称于世，讲究的是"诚信"二字。同时，选择办厂的地址交通方便、条件优越，当地政府还给予了许多优惠政策支持。黎福根感慨地说：宜春是个好地方。经过实地考察，丰日公司高层研究决定，丰日向江西进军，开辟新的市场！

2012 年 3 月 14 日，江西丰日电源有限公司在宜春市袁州区市场和质量监督管理局注册成立，办公室地址位于亚洲锂都宜春，生产厂址位于江西省宜春市袁州区医药工业园，注册资本为 5380 万元人民币，取名江西丰日电源有限公司，年产 180 万千伏安时阀控密封铅酸蓄电池和 10 万吨电池冶炼回收项目。

在江西丰日电源有限公司（以下简称江西丰日）落户宜春后，为了抓紧时间早日投入生产，在宜春市各级领导的大力支持下，相互密切合作，相继破土动工、厂房建设、设备安装等工程项目。而江西丰日抓住机遇，乘势而上，高速度、高质量全力推进，在当年底便顺利投产。

丰日蓄电池系列产品，在众多同类产品中脱颖而出，深得用户喜爱，靠的就是过硬的质量和诚信经营。在江西丰日公司发展壮大的10年里，他们始终为客户提供优质的产品和技术支持、建立健全的售后服务体系，受到江西宜春人民的信赖。企业有企业的个性作风。黎福根的企业落地生根，枝繁叶茂，除了产品对路，质量上乘，这一切，离不开他们的务实精神。这就是江西丰日在江西宜春获得极大成功的

■ 江西丰日厂区

■ 2012 年 6 月，江西丰日电源有限公司奠基破土动工

奥秘。

江西丰日主要生产经营阀控式电池、电池极板及其他零部件、汽车启动电池、储能电池、动力电池、锂电池、钠离子电池、超级电容器、钒电池、锌镍电池、高低压成套设备、直流电源设备、逆变电源设备、不间断电源、电力电子元器件，还有自动化系统及软件的开发、制造、销售、安装、维修等全方位的业务服务。同时，江西丰日正在进行更深入的固态锂电池的研究和开发工作，并拟定了固态锂电池生产项目可行性研究报告，要将固态锂电池生产技术应用到未来的产品中。

江西丰日一飞冲天，自从 2012 年进入宜春市场以来，先后为当地近千名务工者提供了劳动工作岗位，年税利 6000 余万元。因为丰日的到来，生物医药园改名叫化工园，可见他们对这个来自外省的企业有多么重视和青睐。

第二十三章　挺进湖北崇阳

　　湖北崇阳县政府在改革开放中大力发展县域经济，根据自身的地理位置和得天独厚的条件及发展思路，加快了对外招商引资的步伐，制定了一系列优惠政策，建立了湖北省崇阳县开发园区，敢想敢闯敢试。园区自成立之日起便被赋予了开放包容的精神，始终保持开放的胸怀，在招商引资、经济运行、基础开发、园区合作、基层管理等方面开发区始终秉承着全心全意为企业服务的理念，全力推进外资、外贸、外包齐头并进，对先进产业、先进技术、先进管理，园区始终突出开放的平台，为企业更好更快发展提供了有力支撑。

　　这招真灵，许多著名企业闻风而至，抢滩布点，占据有利地形，此时的工业园区呈现出一派欣欣向荣的景象。招商引资既增加了地方财政收入，又解决了县里返乡农民工再就业的问题，深受崇阳人民的支持。

　　真是丰年行大运，那年恰逢丰日电气集团股份有限公司的生产、销售如日中天，效益也比以往任何时候都好。黎福根想，昔日的丰日这棵小树苗，如今已经根深叶茂，长成了参天大树，是时候让它走出去见见世面、占领更多市场了。就在黎福根有了走出去开辟新市场的想法之时，无巧不成书，黎福根得知了湖北崇阳工业园区优惠开放的信息。于是，黎福根召开了董事会，说出了自己的想法。经董事会研究，决定前往湖北崇阳考察投资事宜。

崇阳县政府获悉有优秀企业前来考察上门投资，怎么会放过这千载难逢的好机会呢。县委县政府领导热诚接待了湖南丰日，将丰日电气集团股份有限公司作为县政府重点招商引资的企业，宾主双方洽谈得非常投机。崇阳县领导表示将以最大的诚意和最好的服务、最优惠的政策和环境，努力为投资者搭建创业平台，提供发展机遇，创造成长空间。

丰日电气集团股份有限公司十分看好崇阳县的投资环境和发展前景，湖北丰日于 2009 年 7 月 15 日在崇阳县工商行政管理局注册成立，注册资本为 7018 万元。湖北丰日电源有限公司是集研制、生产、销售阀控式密封铅酸蓄电池于一体的专业化高新科技企业。办公地址位于素有"湖北南大门"之称的咸宁市崇阳经济开发区。

具体新建项目为：年产阀控式密封免维护蓄电池 1200000 千伏安时项目和 10 万吨废旧铅酸蓄电池回收再生铅项目。项目占地 500 亩，分三期建设。三期工程建成投产后可安排就业 500 余人，将实现年产值 20 亿元以上，创利税 3.6 亿元以上。

项目从选址、征地拆迁到申请环评，崇阳积极开展全方位跟踪服务，特别是县长杭莺带领公司的相关人员两赴武汉，找省环保厅汇报、沟通环评批文，确保项目启动，为项目建设保驾护航。有县领导的支

■ 湖北丰日厂景

持，又为群众提供了就业机会，湖北丰日在崇阳如虎添翼，迅速发展壮大……

而今，14 年过去了，湖北丰日已经成为崇阳的支柱产业，蒸蒸日上，声名在外。湖北丰日始终遵循黎福根办企业的宗旨，公司各种高品质蓄电池、电源电气类系列产品长期供应所有国内用户，并出口亚洲、美洲、欧洲、澳洲、非洲数十个地区，是德国西门子、日本东芝、加拿大庞巴迪、美国 GE 和美国 EMD 等公司的全球供应商。

还是让我们来分享湖北丰日的一则招聘广告吧：

湖北丰日电源有限公司诚聘：

质检员：2 名

1. 要求：45 岁以下，身体健康，服从安排，有较强的责任心和沟通能力。

2. 工资待遇：2800~3300 元。

3. 每天工作 8 小时，买社保五险，工作午餐免费，提供住宿。

欢迎加入我们，共创辉煌。

报名地址：崇阳县天城工业园丰日大道，联系电话：152××××2558 石××。

虽然这则广告寥寥数语，但我们从广告中欣喜地看到，湖北丰日企业的员工们待遇较高。这说明湖北丰日始终在发展壮大之中，同时为崇阳人民的就业安置和经济建设的促进做出了重大贡献。

第二十四章 固态锂电池、固态钠电池 未来蓄电池的首选

当今蓄电池界的老大是哪个国家？毫无疑问绝对是——中国！据中商产业研究院发布的《中国固态电池行业市场前景及投资机会研究报告》显示，目前全球有 1.9 万件电池生产专利，我国就独占了 1.5 万件，占据全球 75% 的电池专利市场。但也由此可见，全球蓄电池的研发及其品种之多、竞争之激烈。

但是，在当今蓄电池品种如此繁多的情况下，深受广大用户欢迎的、物美价廉的蓄电池是哪些种类呢？这个问题，我们还是请黎福根董事长为大家说说吧，因为他是这方面的权威技术专家、高级工程师。

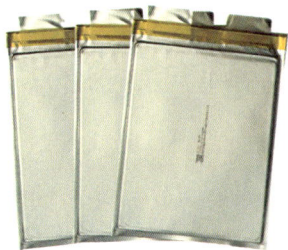

■ 固态锂电池　　　　■ 固态软包锂电池　　　　■ 固态钠电池

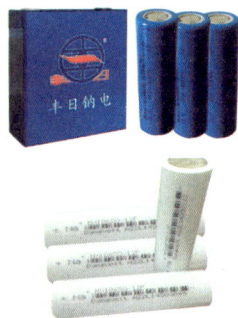

丰日集团就是专门从事研究制造储能蓄电池产品的。

早在 1988 年，黎福根在丰田化工的基础上创立了丰日电气。那一年，敢想敢做的黎福根几乎耗尽所有资金开始投入研究阴极吸收式密封免维护铅酸蓄电池。那一年，他深感自己的知识储备有些力不从心，一鼓作气成功通过了成人大专自学考试。黎福根一边研究阴极吸收式密封免维护铅酸蓄电池，一边参加成人大专自学考试，双管齐下，他奋发图强，起早贪黑，孜孜不倦地刻苦努力学习，一刻也不放松。三年下来，员工们都说他瘦了一圈。他说：书到用时方恨少，一个人不努力学习，怎么能干成大事？三年多的苦读，功夫不负有心人，黎福根终于顺利拿到了毕业证。

双喜临门，好事成双。同样，他利用远超常人的努力和恒心，历经四年的攻坚克难，1991 年阴极吸收式铅酸蓄电池项目研发成功，产品荣获了国家经贸部科技进步二等奖，被评为国家级新产品。"丰日"牌商标 2009 年被评为"中国驰名商标"，产品荣获国家"质量免检产品"称号。此后迅速在通信、电力、铁路、国防通信等行业广泛运用，成功替代了进口产品，为国家节约了大量外汇。中国移动、中国铁塔、中国电信、中国联通、铁路总公司、中国中车、国家电网、南方电网等国内通讯业、电力巨头都成为丰日的客户。尤其在全国铁路电池与地铁轻轨轨道交通电池方面，丰日电气占据了绝对主导地位，并出口巴西、阿根廷、阿联酋、澳大利亚等数十个国家和地区。

还是让我们来了解一下最具代表性的铅酸蓄电池、锂电池、钠离子电池之间有哪些区别和特性吧。

■ 锂电池 pack 自动化生产线

■ 固态钠离子电池自动生产线

对于铅酸电池与锂电池,很多人只知道锂电池贵,铅酸电池便宜,这个在咱们购买电瓶车的时候就知道了,那么两者之间到底有何区别呢?咱们不妨来看一下。

1. 锂离子电池与铅酸电池的组成结构不同。锂离子电池是一类由锂合金金属化合物为正极材料、石墨为负极材料,使用非水电解质溶液的电池;铅酸电池是一种电极主要由铅及其氧化物制成,电解液为硫酸溶液的蓄电池。

2. 锂离子电池与铅酸电池的工作原理不同。锂离子电池主要依靠锂离子在正极和负极之间移动来工作。充电时,锂离子从正极脱嵌,经过电解质嵌入负极,负极处于富锂状态,放电时则相反;对于铅酸电池,放电时,正负极板上的活性物质都与稀硫酸发生化学反应,逐渐变为硫酸铅,充电时,正负极板上的硫酸铅则分别恢复为二氧化铅及海绵状铅。

3. 锂离子电池与铅酸电池的循环寿命不同。锂离子电池循环寿命可达 2000 次以上；而铅酸蓄电池相对低很多，一般为 300~500 次。

4. 锂离子电池与铅酸电池的能量密度不同。锂离子电池具有高储存能量密度，已达到 460~600Wh/kg，是铅酸电池的 6~7 倍。

5. 锂离子电池与铅酸电池的价格不同。锂离子电池不仅主材料成本高，其制作成本以及维护保养成本也远高于铅酸电池，且锂离子电池不可回收；而铅酸电池材料成本低廉，易维护，且可回收利用。

6. 锂离子电池与铅酸电池的体积、质量不同。锂离子电池重量轻，体积小，与市面上同等容量的铅酸电池相比，锂电池体积是铅酸电池体积的 2/3，重量约是铅酸电池重量的 1/3。

再看看钠离子电池吧：

钠离子电池的概念起步于 20 世纪 80 年代，与锂离子电池几乎同时起步。钠离子电池的工作原理与锂离子电池相似，利用钠离子在正负极之间嵌脱的过程实现充放电。作为新能源的一颗新星，钠离子电池正在产业化的道路上加速向前，或将成为我国引领新一轮能源革命的机会。

相比于锂电池，钠离子电池资源丰富，成本低廉；倍率性能高、低温性能优异；在安全测试中不起火、不爆炸，安全性能好等优势。虽然钠离子电池能量密度不及锂离子电池，但就目前碳酸锂价格高涨的形势来看，钠离子电池仍然具有十分广泛的应用前景，尤其是将钠电池研发成固态，其用途更广。对于能量密度要求不高的领域，在电网储能、调峰，风力发电储能等方面应用前景广阔。未来钠离子电池将逐步取代铅酸电池，在各类低速电动车中获得广泛应用，与锂离子电池形成互补。

既然如此，为什么又说未来蓄电池的首选是固态电池呢？

据丰日电气集团股份有限公司新项目开发部总经理黎康介绍说：因为固态电池作为一种新型的电池技术，近年来在国内外发展态势良好，具有优秀的应用前景。同样固态电池产业在欧洲、美国、日本等国家和地区均受到了很大重视，众多知名企业与研究机构纷纷投入到固态电池的研发、生产等环节。

特别是最近几年来，包括中国、美国、欧洲等全球市场发生了一系列新能源汽车自燃起火事故，涉及多个电动汽车品牌。新能源汽车为何频频起火？2019 年 8 月 18 日，中国新能源汽车国家大数据联盟发布《新能源汽车国家监管平台大数据安全监管成果报告》。数据显示，自 2019 年 5 月以来，在发生起火事故的新能源汽车（已查明着火时的车辆状态）中，86% 的事故车辆使用三元锂离子电池，7% 的事故车辆使用磷酸铁锂电池，7% 的事故车辆电池类型不确定。

而三元锂离子电池已经成为当今绝大多数电动汽车所配装的动力电池的主流类型。传统锂离子电池采用的是有机液体电解液，在过度充电、内部、外部短路等异常情况下，电池容易发热，会导致电解液气胀、自燃甚至爆炸，存在严重的安全隐患。而且，为了消除消费者的电动汽车"里程焦虑"，很多电动汽车都在采用能量密度更高的锂离子电池。但伴随着锂离子电池密度的不断提高，安全隐患也就变得更加突出。

针对以上问题，兼具高能量密度和高安全性能的固态锂电池便应运而生。固态锂电池负极采用金属锂，电池能量密度有望达到 300~400Wh/kg，甚至更高，可匹配高电压电极材料，进一步提升了质量能量密度，在支持电动汽车长距离行驶方面表现优异。同时由于固态锂电池使用固态电解质，不可燃、不漏液、无腐蚀、不挥发，因此使用安全，解决了液离子电解质锂电池的安全问题。

锂电池是目前世界业界公认综合性能最好的电池体系，并以其比能量密度高、循环寿命长、应用温度范围宽、无污染、安全性能好等独特优势，深入了我们的日常生活中，在航天、航空、航海、计算机、通信设备等领域也正在逐步替代传统电池，在电动汽车领域更是占据主流地位。2022 年，全球动力锂电池市场总需求量和市场规模将分别达到 54.9GWh 和 267 亿美元。

受益于政府的支持和鼓励，以及庞大的市场需求，中国毫无疑问成为全球锂电池市场发展最活跃的地区。

从应用领域看，动力、储能以及 3C 等产业快速发展是锂离子电池产业发展的主要驱动力，其中动力和储能领域对锂电池的需求正在不断加快。总的来说，2020 年全球锂离子电池市场规模超过 2 亿 kW·h，自2010 年起的十年年均复合增长率达 25%。与此同时，铅酸电池市场规模到 2020 年下降到 2010 年时 2.7 亿 kW·h 左右的水平。此消彼长，在2022 年或 2023 年前后，锂离子电池超越铅酸电池而成为市场用量最大的二次电池产品。这给予锂电池生产企业广阔的发展空间。

相比其他国家，我国在固态锂电池产业的发展上呈现出了政府引导、科研院校协助、企业资本发力的特点，充分突出了产学研结合的优势。2020 年 11 月，国务院办公厅印发了《新能源汽车产业发展规划（2021—2035 年）》，明确指出，要加快固态锂动力电池技术研发及产业化。这为我国固态电池产业发展提供了坚实的政策后盾。

目前，中国科学院物理研究所研发出了能量密度达到每千克 360 瓦时、循环性达到 6000 次以上的固态锂电池。这款电池于 2022 年年底装车，投入使用。清华大学南策文院士、沈洋教授团队也在全固态锂电池研究的方向上积极探索，成功研发出了迄今为止室温下循环寿命最长的全固态电池。

我们常说的锂电池是指使用液态电解质（也称电解液）的锂电池，称为液态锂电池；而使用固态电解质材料的锂电池称为固态锂电池。

为了弄清楚这些问题，便免不了将液态锂电池和固态锂电池进行各方面的对比研究。首先二者都是锂电池，原理也相近，区别在于电解质不同。

目前，液态锂电池的构成包括正极、负极、电解液、隔膜四大材料，而固态锂电池的构成包括正极、负极、电解质三大材料。差别显而易见，固态锂电池将原本的电解液、隔膜换成了固态电解质。

而随着电池技术的发展，人们越来越注重电池安全性和性能方面的提升。因此我们有必要将液态锂电池与固态锂电池进行安全与性能方面的对比分析。

首先是安全。现有的液态锂电池在安全方面长期受人诟病。其主要原因在于：液态锂离子电池中的电解液为有机成分，再加上隔膜，故其易燃物比重较大；在大电流下工作液态锂离子电池有可能出现锂枝晶，从而刺破隔膜导致短路破坏；当液态锂离子电池受到剧烈冲击或者电池温度过高的话，电解液极易燃烧，会造成电池起火甚至更为严重的安全事故，这是液态锂离子电池安全性存在的先天不足。

而全固态锂离子电池的电极和电解质都由固态物质制成，其固态电解质不可燃、无腐蚀、不挥发、不漏液，同时也克服了锂枝晶现象，即使被加热到非常高的温度，也不会着火，因而安全性更高。

其次是性能。我们都知道，动力电池是新能源汽车的心脏，其性能对整车的综合表现起着决定性作用。而相比于液态电解质，固态电解质的介电常数较高，离子导电率较低，但具有更高的化学稳定性和热稳定性，可以提高电池的安全性能；同时，固态电解质还可以实现更高的电池能量密度和更快的充电速度。这也是目前固态电池越来越受追捧的重要因素。

由此看来，固态锂电池是未来动力电池发展的一条非常重要的技术路径。

目前，固态锂电池的竞争不光体现在企业层面上，也上升到了政府层面的博弈。世界各国都在大力支持固态锂电池技术的研发与产业布局。

在欧洲，德国政府投资 10 亿欧元支持固态电池技术研发与生产，多家汽车龙头纷纷加入该联盟。此外，欧盟多国共同出资 32 亿欧元，同时从私人投资商中筹集 50 亿欧元，用于发展固态电池。美国、日本、韩国均提出了发展固态锂电池相应的补贴、支持政策。

国外大力推进固态锂电池发展的原因除了顺应未来的发展方向外，还有一层便是在现有液态锂电池赛道上，中国的地位难以撼动。为了改变这个局面，国外政府需要做到先人一步。在固态电池的推进上，中国政府层面没有盲目地较早颁布相应政策。中国在目前锂电池领域建立起的领先优势在一定时期内仍会享受较大的边际收益，现有的产业结构兼顾成本性和落地性，是最适当的选择。

那么，问题随之而来，固态电池究竟有何优势，使得下至企业

国家级专精特新"小巨人"企业证书

上至国家，全部发力固态电池赛道？目前发展的状况如何？要知道当前液态锂电池技术可是发展得如火如荼。固态电池未来的前景又将怎样？

缓行不代表忽视。黎福根肯定地说："未来的锂电池必然朝着高性能的方向前行，而固态电池愈发清晰地成为确定性的发展路径。因此，在享受液态锂电池产业红利的同时也要积极发展新技术。"

2020 年 11 月，国务院办公厅印发的《新能源汽车产业发展规划 (2021—2035 年)》中，明确要求"加快固态动力电池技术研发及产业化"。

同时，丰日电气集团股份有限公司较早就开始了固态锂电池的研发，并加快了对固态锂电等未来下一代正极材料产品的相关研发工作，完成了第一代固态电池体系建立及配套关键材料研究，所研发正极材料固态电池体系中的部分充放电性能接近液态锂电池水平。目前，该公司固态锂电产品已完成产品开发，并实现小批量销售，奠定了丰日电气集团股份有限公司在全球固态电池市场的优势地位，迈出了坚实的、产业化的步伐，并且未来可期。

第二十五章 "一门三院士"的
大哥黎鳌来访

　　1996 年的一天，正当准备外出之际，黎福根突然接到浏阳市领导打来的电话，通知他说：中国工程院"一门三院士"的黎氏三兄弟的大哥黎鳌前来丰日公司访问，请尽快做好接待准备。接电话时处于惊骇中的黎福根一下子回过神来：原来，如雷贯耳的黎氏三兄弟的大名，在浏阳早已家喻户晓，况且还是自己黎氏本家，作为浏阳人氏的黎福根，岂有不知之理？他赶紧通知各部门员工到公司大门口排成两个单行成夹道欢迎。

　　虽然从没见过面，但黎氏三兄弟的传说故事，却早已深深印在黎福根的脑海之中了：

　　20 世纪初，从浏阳市枨冲镇青草冲村一个家庭中，走出了三位中国工程院院士：黎鳌、黎介寿和黎磊石。三兄弟出生在湖南浏阳的一个教育世家。学医，是黎氏三兄弟在那个年代的无奈选择，然而，多年后他们却成为中国工程院院士，成就了中国医学界的一段传奇。

　　那个年代，虽然学医并非各自的初衷，但是黎氏三兄弟发奋学习，刻苦钻研，都在医学领域创造了令人瞩目的成绩。黎鳌、黎介寿、黎磊石分别于 1995 年、1996 年、1994 年当选为中国工程院医学与卫生学部院士，在医学领域各领风骚。

在中国烧伤医学领域，黎鳌是开山泰斗级的人物。1958 年，"大炼钢铁"时期，我国烧伤病人陡增。黎鳌主动提交了一份烧伤防治研究的请战书，他所在的第三军医大学当即决定由他牵头组建烧伤救治小组。1966 年，四川合江一支钻井队不幸遭遇井喷，数十人被烧伤。黎鳌率救治小组参与抢救，将一个个烧伤患者从死亡线上夺了回来。

黎鳌创建了全军第一个烧伤中心和第一个烧伤研究所，获批全国烧伤专业国家重点学科和第一批博士学位授权学科。他探索出一整套烧伤救治理论与方法，先后成功救治上万例烧伤病人。

与大哥不同，黎介寿从事的是肠道研究。

1987 年的一天深夜，一位因腹腔大出血、整个小肠被切除的小姑娘被抬到黎介寿面前，而他只能眼睁睁地看着小姑娘离开人世。那一夜，他把自己关在空荡荡的病房里，流下了愧疚的泪水。他暗下决心：一定要把小肠移植这个世界性难题攻下来。

当时，小肠移植这项手术不仅在国内，在整个亚洲都是空白。为了做试验，黎介寿和用于试验的猪一起待了整整四年，甚至春节都住在养猪场。

1992 年，黎介寿终于取得亚洲首次猪同种异体小肠移植的成功。两年后，黎介寿为一位短肠综合征患者成功移植 250 厘米的异体小肠，打破亚洲小肠移植"零"的纪录。

三兄弟中年龄最小的黎磊石，开始研究肾脏病时已 49 岁。此前，他是研究寄生虫病的专家。"研究肾脏病，我不一定能做出大成绩，但能帮助一些人。"黎磊石这样解释自己半路转行的原因。

1982 年，黎磊石无意间发现一个用传统草本植物雷公藤治疗风湿性关节痛的病例，病人身上存在的合并严重蛋白尿病症突然消失了。

黎磊石通过研究，证实了雷公藤具有独特的免疫抑制功效。随后，他冒着生命危险亲口尝试，掌握了雷公藤对治疗肾脏病既有效又安全的剂量。

黎氏三兄弟从医半个多世纪，不但各自在医学领域孜孜以求，还为中国的医学事业培养了不少人才。

浏阳市人民医院原党委书记、烧伤科主任刘题斌就曾师从黎鳌。他学习和掌握了黎鳌院士的烧伤治疗技术并带回浏阳造福百姓。

黎鳌院士老来思乡，他很想了解老家的情况。家乡人民多次邀请他回老家看看，但因年事已高，行动不便，工作也忙，虽然想家，也没办法回来。为了却心愿，1996 年，80 岁的黎鳌院士终于回到浏阳。

80 岁的黎鳌回到浏阳，受到了浏阳人民的热烈欢迎。他说这次回来要了却三个心愿。

第一个心愿是，到浏阳市枨冲镇青草冲村看望家乡的父老乡亲。看到家乡的变化真大，道路整洁，交通方便，乡亲们住的是小洋楼，大鱼大肉都吃腻了，生活过得无忧无虑，心里好高兴的。第二个心愿是，到浏阳市人民医院为医务人员传授他独创的救治烧伤技能。他知道，浏阳的花炮历史悠久，从业者众多，为更好地将自己独创的救治烧伤的技能造福于家乡人民，他特意回来了却这个心愿，到人民医院为医务工作人员做了详尽的讲述。讲完课后，他还到烧伤科进行了查房活动，耐心询问伤员情况，嘘寒问暖使伤员们很受感动。第三个心愿是，他了解到自己的家乡又出了一位叫黎福根的黎氏本家企业家，研制出了高性能免维护密封铅酸蓄电池产品，赶超国际先进水平，填补了国内空白，这也是黎氏家族的荣耀，他想去见见这位本家。上完课后，他在市领导的陪同下，驱车赶往丰日电气集团股份有限公司。黎福根接到通知后，立即组织公司员工夹道热烈欢迎。

他们在一番热诚的握手问候中走进会议厅。会议厅前方是一个椭圆形的桌子，中间凹下去，放着几盆花，上方挂着一幅横幅："热烈欢迎黎鳌院士和市领导来我公司视察暨检查指导工作。"

会议厅左侧的墙上贴着活动的一些宣传画。

最吸引人的是会议室的右侧，是一排玻璃展柜，展柜里放的是丰日集团所研制的各种免维护铅酸密封蓄电池系列产品样品及获得的奖杯和奖状。

最顶层的几个奖状是系列蓄电池产品的国际认证证书和驰名商标、红薯宝饮品国际认证证书。这是蓄电池界、红薯宝饮品界最高的奖项，一个民营企业能获得这样的奖项，是实力的象征。

座谈会上，黎鳌院士对同志们说明了来意："我这次来是代表我们黎氏三兄弟，一是看望黎福根这位卓有成就的黎氏本家企业家，二是鼓励和寄希望于丰日公司全体员工，热切希望丰日公司再接再厉，把自己的企业不断发展壮大，除了开发多种新产品，还要开发有利于增进家乡人民身体健康的中草药材产品，更好地回报社会，回报家乡父老乡亲。"停了停，黎鳌院士接着说，"我这次回到浏阳，看到家乡人民的生活比以往任何时候都好，特别是了却了我们黎氏三兄弟一直以来的三个心愿，我很开心，真是不虚此行哪！"

临别之时，他一再嘱咐黎福根说："我们黎氏是一家人，如遇到什么困难，尽管找我们三兄弟就是！"当时，他们临别之时的场景，让在场的人见了，无不深受感动！真可谓：英雄惜英雄，依依不舍，难舍难分。

光阴似箭，20多年过去了，为了不负黎氏三兄弟的重托，黎福根念念不忘，无时无刻不在探索和寻找开发好的、有价值的中药材产品。功夫不负有心人，天遂人愿，他终于推出了具有通便、排毒、养颜、保持人体酸碱平衡等显著功效，素有"抗癌蔬菜""长寿食品"之美誉的红薯宝。

第二十六章　开发红薯宝系列产品

一直以来，黎福根念念不忘黎氏三兄弟的心愿，无时无刻不在探索和寻找开发有价值的中药材产品。同时，为了带领丰田村父老乡亲共同致富，让家乡没有技能的村民多一条致富的路子，就必须找到适合村民们的新产品！但究竟开发什么样的新产品才能两全其美呢？什么样的产品，才是既有价值的中草药材产品，又能适合村民们发家致富呢？这些年来，这个问题在黎福根脑海中萦绕，挥之不去。他如大海捞针般苦苦搜寻着。

功夫不负有心人。农历九月，正是红薯收获的季节。看到村民们正忙于在田地间收红薯，他立刻联想到红薯是农村的一宝。其实，这事黎福根早就知道了，因为他是吃着红薯长大的，只是一直忽视了红薯的保健价值，没有对红薯进行过认真的考究，加之以前的网络信息不发达而无法去开发罢了。

黎福根立刻联想到，既然红薯具有保健价值又适宜村民们种植开发，两者合一岂不两全其美！而如今又是网络信息高速发展时代，要考究红薯有哪些功能，只要上网"百度一下"就知道了。于是，他立马兴致勃勃地赶回办公室，打开电脑查阅：红薯是世界保健专家公认的优秀保健食品，具有通便、排毒、养颜、保持人体酸碱平衡等显著功效，素有"抗癌蔬菜""长寿食品"之美誉。其中含量颇丰的硒元素更是人体不可缺少的生命要素，世界卫生组织称之为生命火种，对保心脑、护肝肾、防癌变、平血压、缓衰老等具有较好的作用。尤其红薯含有去雄酮，能抑制癌细胞发展。原来红薯的确是个宝。

黎福根为什么要上红薯饮品这个项目呢？他是这样考虑的：目前，红薯的传统产品种类有红薯片、红薯条、红薯膏，唯独缺红薯饮料。而且他还了解到，世界上一些科学发达、技术先进的国家，也曾试图研制红薯类饮品，终因一些科技方面的难题没有过关而失败、下马、放弃。以黎福根往日科技攻关的精神，他决不会知难而退，而是勇往直前，不达目的誓不罢休。正所谓："科学有险阻，苦战能过关。"黎福根虽然退伍多年了，但在心灵深处，那种军人的作风是挥之不去的。

因此，在开发红薯宝饮品系列产品之前，黎福根为不打无把握之仗，查阅了大量有关红薯饮品的资料，终于产生了对红薯极具开发价值的结论——红薯又称地瓜、白薯、甘薯、番薯、红苕等，为旋花科一年生植物，药食兼用。红薯含有淀粉、维生素、膳食纤维素等人体必需的营养保健成分，而且还含有丰富的镁、磷、钙等矿物质元素和亚油酸等。这些物质能保持血管弹性，对防治习惯性便秘、减少肠癌的发生、防治血液中胆固醇的形成、预防冠心病的发生十分有益。它的热量只有大米的三分之一（对糖尿病患者有益），而且其所含纤维素和果胶具有阻止糖分转化为脂肪的特殊功能。在 20 种抗癌蔬菜中，红薯名列榜首，它所含有的一种活性物——去雄酮，能有效地抑制结肠癌和乳腺癌细胞的发生。

红薯同时又是一种天然碱性食品，能与肉、蛋、米、面产生的酸性物质中和，调节人体酸碱平衡，对维持人体健康有积极意义。

红薯还是一种理想的减肥食品，能降低胆固醇，减少皮下脂肪，补虚乏、益气力、健脾胃、益肾阳，从而具有润肠排毒、降脂、护肤美容等功效。

查清红薯的基本属性及可开发价值，这对实现红薯宝系列饮品的研制，最后投入市场，恐怕只是万里长征走完了第一步。黎福根对蓄电池这个领域，已经算是行家里手，可那毕竟是经过了 20 余年的摸爬滚打啊。搞红薯宝的开发，是一个完全陌生的天地，一切都得从零开始，但黎福根却很有信心。

同时，他马上联想到丰田有大量的旱地，适合栽种红薯。红薯耐旱，生命力顽强，栽培也很简单，几乎无技术可言，丰田人几乎家家户户都有种红薯的习惯。况且，红薯单产量很高。过去，由于缺技术，不懂得深加工，红薯挖回来后，主要是晒成干红薯丝，做饭时拌在大米饭内，谓之薯丝饭。红薯的营养价值未能充分利用，白白地浪费了，售出价格也很便宜。经过市场调查和考证，黎福根当机立断，决定就上这个产品！

第二十七章　成立湖南福悦
生物科技有限公司

2005 年 7 月，黎福根为村里注入资金 2000 多万元，牵头成立了湖南福悦生物科技有限公司，采取公司+基地+农户的经营模式，发动农民种植红薯，以红薯为原料生产红薯玉米粥、红薯宝饮料等系列产品。

公司属于初创阶段，由于资金、技术等各方面的原因，暂时落户于浏阳市溪江乡原乡政府。这里毗邻市区，交通方便，建房的时间不久，而且又是一时派不上用途的公房，价钱相对而言比较便宜，何乐不为呢。

福悦生物科技有限公司董事长是黎福根，法人代表是黄宝林。黄宝林是上海人氏，与黎福根相识于 1986 年，他俩是结交了几十年的彼此信任的老朋友（请见前文简介）。

2005 年冬，黎福根再次出差上海，特意到黄宝林家看望，相互间谈论着今后的打算，当黎福根谈及想研制红薯宝系列饮品时，立刻得到了这位老朋友的全力支持。两人越谈越投机。黄宝林坐不住了，他不愿过退休后的安逸日子，决定告别亲人，携带自己所有的积蓄，不远千里，来到浏阳，为红薯宝系列饮品的研制大干一场！黎福根得到

■ 黎福根董事长向全国政协副主席毛致用介绍红薯宝饮料

了老朋友全力以赴的支持，便顺利注册成立了由黄宝林担任法人代表的福悦生物科技有限公司。

经过一段时间的组织与筹备，湖南福悦生物科技有限公司网罗了一支由职业经理和外来特聘专家组成的管理团队。这样一支由院长、专家、教授、博士组成的科研团队，"八仙过海，各显神通"，把各自研制的专长技术用到红薯宝饮品系列产品中。几个月下来，他们攻坚克难，取得了初步成效。

2006年8月，福悦黎福根董事长率科研人员带着几个尚未成型的红薯饮料产品，来到湖南农业大学食品研究院寻求指导。该院专家听客人说明来意之后，意味深长地说："你们有一股子闯劲，初生牛犊不畏虎，这种精神是难能可贵的。研制红薯饮品，世界上一些食品工业发达、处于世界领先水平的国家的科研团队都没有取得成功，都放弃了。

如日本宫崎县食品研究所，致力于红薯饮品的研究整整三年，都未能解决沙砾感，即高温杀菌形成的冻子。而如果低温杀菌，淀粉与水分层次，红薯酶遇空气会氧化。比如说，你把红薯削皮马上就变色。"

黎福根后来到网上查阅资料，与专家说的完全一样。可见制红薯饮品，须解决的难题，其难度之大，可想而知。专家劝道："你们不如放弃算了，国内外都没有此类产品，无从参考，所有的难题都得靠自己想办法摸索解决。"

食品行业专家的一席话，无异于兜头浇了一瓢冷水。但是，它浇不灭年轻的食品科技工作者研制红薯宝饮品的决心，更何况他们身后有黎福根这位科技攻关经验丰富的董事长撑腰呢。遥想当年，黎福根利用丰田山区丰富的水资源，土法上马，用水碓将钛屑打成了粉末，成为制烟花的材料。商场如战场，就像第一个吃螃蟹的人，当众人恍然大悟时，他已抢得了先机。上海冶金系统的高级工程师吴汉文当年就是这么评价的：简单的土法，替代了复杂的化学工程。现在，听了食品行业专家对红薯宝饮品下达的"死刑判决"，如果换作其他人，也许真的会知难而退。而黎福根却不是这样，他反而很兴奋。因为，既然是世界空白，就一定要努力奋斗去攻克、去拿下的决心更激发了他攻破天下难题的劲头和信心，可谓不到黄河心不死，不撞南墙不回头，不到长城非好汉！

从农大回来后，一些科研人员有些灰心丧气了，失去了往日那种劲头。黎福根见状，立即召集大家召开专题会议，查找失败原因，总结经验教训，但会议的重点是鼓励加勉励大家不要气馁，更不能放弃，不能前功尽弃。如果说红薯宝饮品容易研究，那还要我们这些科研人员干什么？就是因为红薯宝饮品研制的难度很大，才需要我们去攻坚克难，我们一定要有勇气和信心去克服一切困难！黎福根同时指出，目前，市场上红薯产品种类不少，但红薯饮料确实还是空白。国际国内都没有这类产品。广泛深入的调查表明，就是因为生产工艺及技术上的瓶颈难以突破。红薯属淀粉型果蔬，高温杀菌容易，低温杀菌，淀粉与水容易分层，不会融为一体，红薯含酶遇氧气会快速氧化，形成絮凝，聚集成颗粒。研制红薯饮品，必须闯三关：一是砂粒感；二是沉淀；三是保质期（定位绿色食品，不加防腐剂）。

一次次的试验，一次次的失败，关关都有拦路虎。怎么办啊？旗号都打出去了，难道就这样半途而废吗？不，决不轻言失败，在黎福根的词典里，还没有"失败"二字。面对失败，黎福根丝毫也没有气馁，一次次的总结，一次次的鼓励。他说："这个难关即使再难，只要我们坚持、坚持再坚持，就没有攻不破的，一旦我们攻破了，就填补了世界空白，就可以说'老子天下第一'了。大家说对不对啊？"一句话说得大家好开心，并且信心十足。

在鼓励大家继续攻关的同时，黎福根自己也在苦苦思索。他想，这正如下象棋，也许换一种思路，就能找到克敌制胜的战术。为什么会沉淀，就因为红薯里有淀粉的成分。糖能溶于水，淀粉则不能。他突然想起红薯糖是过春节制作点心时不可或缺之物。红薯糖的熬制方法非常简单：将鲜红薯削皮煮烂去渣，再加麦芽煎熬再去渣，水分除到一定程度，红薯糖便熬制成功了。黎福根想到这里，豁然开朗，似

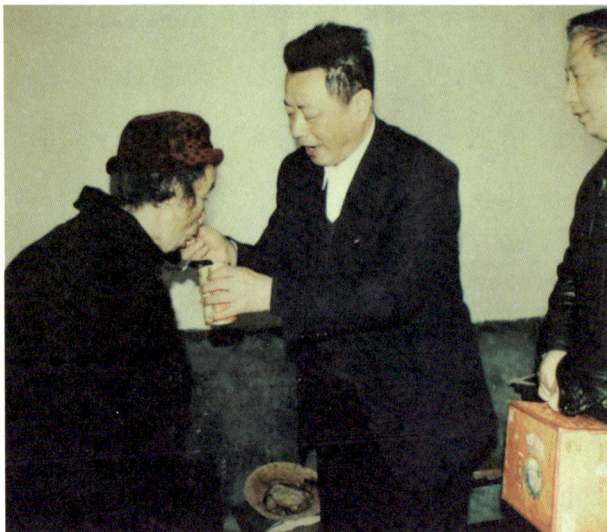

■ 黎福根董事长
慰问老人

乎看到了红薯饮料研制成功的希望。

果然，换一种思路，使得眼看进入死胡同的红薯饮品研制开发呈现出一片新天地。福悦生物科技有限公司历经三年的不懈努力和持续投入，掌握了动态杀菌、酶解法、正交实验法等红薯核心加工技术，终于成功研制了红薯宝饮品，并获得国家发明专利（专利号：ZL2010 1 05845650)，功夫不负有心人哪！

继而，他们成功开发了红薯饮料、红薯玉米粥等系列新产品。同时还开发了银杏饮料、银杏茶叶等新产品。送省市质量技术监督局检测，经专家鉴定，一致确认其加工工艺技术处于国际领先水平！那鉴定书中有这样的鉴定术语："填补国内空白，居国际先进水平。" 2006年、2007年已先后申报国内、国外专利。

后来，黎福根颇为感慨地说："如果前人没有做过的事就不敢为，谈何科学发展？科学发展，如果不去行动、实践，岂非永远停留在纸上的一句空话？"

现在，该公司生产的福悦牌红薯饮料，液体清亮，口感清爽，原汁原味，营养成分保留完好。上述四支产品已经投放市场，消费者一片称赞之声。红薯宝饮品虽然刚刚问世，却以强劲的势头在饮品界产生了极大的影响。

在掌握了独特的加工技术工艺之后，福悦的产品具备竞争品牌不可复制的产业优势，并通过了国家食品 QS 认证，ISO9002 质量管理体系认证。当黎福根和他的团队再一次来到湖南农业大学，将新产品递到食品专家面前时，专家感到非常惊讶："你们是怎么攻克这一世界性难题的呢？"那神情，与当年那位冶金高级工程师的反应一模一样。食品专家要求黎福根提供理论根据，黎福根笑道："我来这里就是请你们专家在理论上进行总结和完善的呀。"

如今的红薯宝饮品系列形成了排山倒海的冲击波，在饮品市场占领了应有的份额。一些国家级乃至有国际商人参加的会议活动，如北京科学家论坛会，就将红薯宝列为指定饮品。

第二十八章 让村民多一条致富路子
让家乡的红薯不愁销路

如今的福悦公司本着"发展企业、带动农业、致富农民、健康人类"的理念，采用基地+农户+公司+市场的经营模式，正带领村民们一起走在奔向小康的幸福路上。

就在福悦生物公司研制的红薯饮品取得了极大成功之际，黎福根双管齐下紧锣密鼓地一边进行红薯宝饮品的研制，一边亲力亲为来到丰田村收购红薯，以免使生产因缺少红薯而停工。他一边收购红薯，一边热诚地和乡亲们打招呼，一边做红薯的宣传工作，一边与乡亲们签订来年的红薯种植亩数和收购价格。乡亲们也一声声喊着"福大哥"，喊得他笑在眉头喜在心。早些年，乡亲们卖红薯的情景历历在目：

那天，黎福根看到村委会前的公路上，一字儿摆开好几辆外来收购鲜红薯的载重汽车，他熟悉的村民用箩筐挑着红薯到车边验收、过秤。收红薯的商人见一担担红薯源源不断地从四面八方涌来，便动了歪主意：挑剔，压价。俗话说，物以稀为贵。有了降低成本的机会，他能不抓住吗？

农民每年栽种红薯没有规划，套用一句经济术语，叫作"无序生产"，必然存在着一定的风险。上门来收，供大于求，只好贱卖；送到外地去销售，被压低价格的情况更多。尤其令人扼腕叹息的是卖不出去，一堆一堆地在露天地里烂掉。黎福根眼见得这部分父老乡亲用辛勤劳动收获的成果付之东流，半天没有吭声，心疼得说不出话来，陷入了沉思……

2003年，风调雨顺，红薯获得了大丰收，可是，如何卖出去又成了烦心事。黎福根为乡亲们联系了长沙县某红薯制品企业，大量收购。该企业每天可消化掉40吨红薯，可是价格却低得惊人。大概就是从这个时候开始吧，黎福根就动了自己办红薯制品企业的念头。

令大家记忆犹新的是，丰田村在实现黎福根决策的公路组组通的规划时，一位坚决反对占了他的责任田的中年汉子汤某当时说了句话，呛得黎福根半天做不得声——"你就把公路搬到桌子上当饭吃吧！"

其实，汤某也是属于没有技能、年纪也不小了的栽红薯的那一族。他对黎福根修公路不信任、不合作。而黎福根却为他和乡亲们的脱贫致富操心劳神，他不知情，不领情也罢了，还牢骚满腹，真让人左右为难，正所谓：好人难做，好事更难办！不过任何事情，一旦从思想上转过弯来，烦恼就烟消云散了。

自从有了办红薯制品企业的念头，黎福根就亲自登门看望汤某。尽管主人的目光里充满敌意，对这位不速之客表示冷淡，可客人却满脸堆笑，十分关切。

汤某家的房子建于20世纪70年代，用黄土筑的墙壁历经几十年风雨侵剥，到处坑坑洼洼，而且倾斜得很厉害，用不着检测，凭肉眼就可以断定它是危房，家具也都是使用了几十年的桌椅板凳。汤某没有外出打工，在家里坚守着责任田。他从来都没有闲过，天晴一身汗，下雨一身泥，不停地干活，尤其是农忙季节，两头黑是常有的事。平心而论，汤某栽红薯的技术还是不错的。黎福根问他今年收了多少红薯，卖了多少钱。他一声叹息："今年秋雨好，红薯肯长个，难得的好年岁。可有什么用？来收购的外地人也太狠了，两角钱一斤，比做脚夫的钱都少了！"

黎福根问："你可以搞别的项目吧？"汤某伸手挠脸掩饰惭愧，声音一下就低了许多："我除了栽红薯，别的什么也干不好！"黎福根说："那好，今后你就继续栽你的红薯吧！我年初就跟你签合同，定好价钱和数量，怎么样？"

汤某一时还没有反应过来，有些茫然地问："你的厂子收那么多红薯干什么？"黎福根便向汤某解释了自己正计划办红薯饮品厂的事情。汤某闻言，沉默了一会儿，眼睛看着自己的脚尖，脸红红的，似乎是自言自语："福大哥，我晓得，你这又是为我这种没本领的人着想。你是一个真正的好人，修公路时，我……我对不起你啊！"

在丰田，像汤某这样的村民大有人在。黎福根经常和这些人接触，交朋友。这个群体的生存状况一天不解决，他就一晚不得安枕。这就是黎福根决定创办以红薯为主要原材料，生产"红薯宝"系列饮品的浏阳市福悦生物科技有限公司的初衷。

丰田的能人已经发家致富了，可黎福根不愿意看到相对而言属于弱势群体的村民依旧在贫困线上苦苦挣扎，他一直在思索，在寻找致富的金钥匙。现在，他终于找到了，他要让所有丰田村民都富起来，一个也不能少！

2007 年，福悦公司就与一些农户签订了红薯收购合同，共计 200 多亩，每公斤 6 角，大大高于市场价，其目的就是让农民走上致富之路。这些种红薯的农户，每亩的收入达 3000 多元。

浏阳本来是烟草公司的种植基地，烟草种植也确实为浏阳的致富起到了很大的作用，但是，种植烟草技术含量高，一般农民种植难以收到满意的效果。农民种红薯后惊讶地发现，竟然比种烤烟的收入还要高些。而谁都知道，农民是最现实的，前往福悦公司要求签订红薯收购合同的人络绎不绝。

在与众多村民签订红薯收购合同的那段时间，黎福根经常抽时间亲临现场，不时拿起那厚厚一沓合同查阅，嘴里叨念着一些人的名字，似乎是自言自语："某某某（红薯种植户）怎么还没有来呢？"然后询问经办人员："你们的宣传到位了吗？"

说心里话，黎福根最牵挂几位弱者。须知，他创办这家公司的主要目的还不就是为了这个群体摆脱困境，走上致富之路吗？他也曾想过亲自登门，但转念一想：还是别急。你去动员他栽红薯，给这么高的收购价，人家又会怀疑你有什么企图。

在蓝家湾地段修公路时的遭遇给他留下了深刻印象，经验教训很难从记忆中抹去。开始，经办人还误以为老板对他的工作不满意，或者说不放心。直到那位修公路时从中作梗的中年汉子的身影出现在大门口，他才知道老板是在等一个人。那条汉子一条腿跨过门槛，发现了黎福根，不自然地冲他笑了笑，显得有几分尴尬。黎福根主动上前和他打招呼。见来的人很多，经办人一时忙不过来，黎福根就搬过一条凳子，示意他坐下，不失时机地向他介绍怎么送交红薯，100斤多少钱，还语气坚决地说："你只管放心，到时候把红薯送来，过了秤就给钱。没兑现的话，你可以拿了合同去法院告我的状！"

那条汉子听黎福根这么一说，尴尬得脸上泛起了红晕，更加不好意思了，喃喃地说道："这么多人都不怕吃亏，我也不怕！"他还提及修公路时自己的表现，低垂着头说："福大哥，你一心一意为大家好，谁都看得见，只有我是瞎子……"黎福根不让他再说下去，事情早就过去了，还提它干吗？

终于轮到这条汉子签订合同了，他显然很不习惯握笔，一笔一画，歪歪斜斜，但非常认真。黎福根看在眼里，喜上眉梢，长长地嘘了一口气……

在福悦生物科技有限公司正式成立之际，黎福根就组织相关科技工作者进行了深入调查。浏阳河源头大围山一带为花岗岩地质构造，在长期的风化过程中产生大量微量元素集结体"麦饭石"，形成了浏阳的土壤和水源中富含以硒为主的诸多微量元素的地理特色。此外，浏阳优良的亚热带气候，雨量充沛、日照充足、四季分明、严冬期短，很适宜红薯的生长。

可以说，黎福根从小就是吃红薯长大的，试看丰田人中哪一位年纪稍大一点的人不是吃红薯长大的呢？有一碗白米饭吃是某些村民一辈子梦寐以求的事情，他们吃红薯吃怕了，从来没感觉到红薯的经济价值。当地贬低红薯的民谣还不少呢，比如："桃坪阳雀洞，红薯齐屋栋；不吃肚子饥，吃了肚子痛。"他们种红薯，完全是因为大米少了，吃不饱，只好用红薯来填肚子，纯属无奈之举。这就是传统的红薯价值观。如果那个年月突然冒出一个人来讲红薯有什么的开发价值，定会被大家认为是疯子。

现在，黎福根希望他的父老乡亲重新认识红薯的经济价值，尤其重要的是保健价值。而做成饮料便于保存，便于吸收、消化。用传统方法让红薯简单地成为替代大米的粮食作物，那是一种对原材料的极大浪费，只有经过深加工、精加工之后，红薯的经济价值才能真正体现出来。

黎福根在红薯宝饮品取得成功的同时，还研制了具有药用价值的"银杏玉珍茶"，同样深受市场欢迎。

黎氏三兄弟"多开发有价值的中药材产品，造福家乡父老乡亲"的嘱托，带领丰田村父老乡亲一起致富的情结，让家乡的红薯不愁销路的心愿，现如今终于圆满实现和完成了。而黎福根也没有因此停歇，而是带领福悦生物科技有限公司的员工们再接再厉，正在朝着开发有价值的中药材产品领域进军，以期开发研制更多有价值的中药材产品，造福家乡父老乡亲。

第二十九章 一组闪光的数字

　　丰田化工厂自从 1982 年开始办厂，1988 年改名丰田免维护密封铅酸蓄电池厂，1995 年大迁徙，注册丰日驰名商标，历经 40 多年的艰苦奋斗，丰日电气已是一个注册资本两个多亿，拥有湖南、湖北、江西三大生产基地、十个子公司的大型企业集团。占地面积近千亩，建筑面积三十万平方米。还是请大家看看丰日集团大事年表中一组闪光的数字吧，从中便能看出其变化之大了。

　　1982 年 9 月，浏阳县丰田废旧金属冶炼厂成立，贷款 3000 元起家，生产钛粉和烟花材料产品。

　　1985 年 5 月，更名浏阳县丰田烟花材料化工厂，生产铝镁合金、

■ 1986 年 11 月 21 日党和国家领导人接见全国扶贫扶优工作经验暨表彰大会全体代表合影

笛音剂、钛粉，年产值过百万元。

1986 年，公司法人代表黎福根获"全国扶贫扶优先进个人"称号，受到乔石等党和国家领导人接见；获长沙市军地两用人才先进个人、湖南省"双扶"先进个人、优秀共产党员、经济带头人等称号。

1987 年，被授予长沙市"两个文明先进单位"称号。

1988 年 6 月，更名为长沙丰田实业有限公司，增加蓄电池项目。

1991 年 6 月 24 日，经四年攻关，蓄电池研制成功，通过了鉴定。

1993 年 6 月，更名为长沙丰田化工电源实业有限公司。

1994 年 12 月，所生产的蓄电池获国家经贸部科技进步三等奖，销售额达 1800 万元。

1995 年，产品被列入国家星火计划，获长沙市科技进步二等奖，销售额达 3600 万元。

法人代表黎福根被评为全国百名优秀退伍军人成才报国先进个人，受到了江泽民、李鹏等中央领导的接见。

1996 年，蓄电池被评定为国家级新产品。原省委书记王茂林，原省长杨正午，先后来厂视察。

1997 年，法人代表黎福根被推荐为全国两个文明建设先进个人，受到了中央首长李瑞环的接见。

1997 年 7 月，通过 ISO9002 国际质量体系认证。

1997 年 8 月，高频开关组合电源列入国家火炬计划。

1998 年，公司正式搬迁至浏阳工业园，8 月，改制更名为长沙丰日电气集团有限公司，获国家级新产品称号。

■ 2000 年 5 月 13 日，全国人大常委会副委员长布赫在湖南省人大常委会副主任罗海潘等领导的陪同下视察丰日公司。图为公司黎福根董事长（右一）向布赫副委员长介绍公司产品

1999 年，获湖南省高新技术产品、高新技术企业认定；获国家高新技术产品、高新技术企业认定。

2000 年 5 月，全国人大党委会副委员长布赫来公司视察。

2001 年，公司创利税突破 1000 万元，成为湖南省乡镇企业纳税大户。

2006 年，原中共湖南省委书记张春贤来丰日视察。黎福根获全国建设新农村十大杰出复转军人称号。

2006 年 8 月 1 日，黎福根在北京参加"八一"阅兵仪式。

2008 年，黎福根当选为北京残奥会火炬手。

■ 2006 年 7 月 29 日，湖南省委书记、省人大常委会主任张春贤同志视察公司并与黎福根董事长合影留念

■ 2006 年 7 月，浏阳市委书记易佳良和政法委书记李家喜来丰日集团公司视察指导工作并与黎福根董事长同志合影留念

■ 黎董事长 2006 年 8 月 1 日在北京参加"八一"阅兵仪式

■ 2008 年黎总在长沙传递北京残奥会火炬

2012 年 6 月，江西丰日电源有限公司奠基破土动工。

2013 年 6 月，湖北丰日电源有限公司正式投产。

在浏阳境内，丰田村毫无区位优势可言，但就是这么一个各项条件均处于劣势的山冲，居然在不到 10 年的时间内，出现了一批百万富翁。

幸福不会从天降，回望这一串串闪光的数字和殊荣，是丰日人凭着坚强的毅力和艰苦奋斗的行动铸就而成。这一连串闪光的数字和殊荣，饱含着每一名丰日人的汗水和付出，是丰日人共同走过的历史。这些切身感受，每每读来，都依然温暖着人们的心田。

用黎福根董事长的话来说：环保之责，重于泰山！众所周知，2009 年的金融危机，席卷全球，是一场世界性的灾难，许多企业承受不了巨大的打击而倒闭破产，成千上万工人失去了工作。然而，在这场不以人的意志为转移的冲击中，丰日集团依然产销两旺，一如既往地保持着快速增长的势头。年底，销售额突破 10 个亿，较上一年增长 38%；职工发放工资 1300 万元（销售人员的工资不计在内），较上一年增长 45%。

当我们默默读着这些数字时，心里有没有想过这是什么概念？有时候，数字虽然是枯燥无味的，但却很能说明问题。这些枯燥的数字，在企业家和丰田人的眼里一点也不枯燥。相反每一个小数点，都是由黎福根和他们丰田人的才智、抱负和心血汗水凝聚而成的。

黎福根常说，任何工作都没有贵贱之分，到哪儿都一样，都要尽心尽力去做，首先考虑的不是自己，心中要装着大家，这样工作起来

■ 美丽的丰田村

就有了奋斗的目标和成功的信心。因此，他心里装着大家，对自己的小家却管得很少很少。为了丰田村的经济振兴，他竭尽全力，全身心地投入新农村的经济建设事业中。这些事看来细小、平凡，但却折射出了一个共产党员光明磊落、无私奉献的高尚品质！

中卷

大围山下

初心铸就幸福路

我们清楚地看到，实现中华民族伟大复兴所取得的每一个胜利，以及全国新农村的脱贫致富之路，都是坚定初心、靠脚踏实地、埋头苦干铸就的，因此最靓丽、最伟大的还是艰苦奋斗的劳动者们。丰日辉煌41年为民铸就幸福路，41载初心不改，新征程重任在肩，仍在砥砺前行着。

——卷首语

第三十章 顾大家，舍小家

家是什么？家是释放疲劳的地方，家是加油站，家是幸福温馨的避风港。俗话说"家和万事兴"，意即"家和"了，才会"万事兴旺"。而黎福根董事长因为有了和睦的家庭，才有了蒸蒸日上的事业。

黎福根经常早出晚归忙于工作，忙于自己的丰日企业。他常说："什么叫企业家，就是把企业当作家的人。"更有甚者说：中国的企业家根本就没有家。诚然，之所以企业家们的企业能够获得成功，是他们把所有精力和心血都耗在了企业上，一年365天，他们有300天以上的时间都忙于自己的企业，而每天的工作时间都在12个小时以上，个个都是工作狂，工作起来常常都忘了自己还有一个小家，而把企业当成了自己心爱的大家庭。在他们的心目中，这是企业家获得成功的一种正常的必然选择。因为要想自己的企业获得成功，你不花费大量的时间去亲力亲为，难道还能坐享其成？还是俗话说得好："不经一番寒彻骨，哪得梅花扑鼻香？"你自己的企业，你不去刻苦历练，不去努力奋斗，怎么会有好的收获？因此，"中国的企业家根本就没有家"这句话说得还是有一定道理的，因为企业家也是人，没有分身术，一个人的精力是有限的。特别是每当黎福根拖着疲惫不堪的身躯，回到这个充满温馨幸福的家中，妻子和孩子们总会给他一个深情的拥抱和一句温暖的问候。别看这样一个拥抱和一句问候，它可以让人释放所有疲惫，顿觉精神抖擞。

能有这样美好的家庭，家庭的每一个成员都能够活得非常精彩，每一个人都会努力追求自己的学业与事业，生活既过得有品质，又精致丰盈。因此，黎福根每次回家后，家都是他心里最温暖、最舒适的加油站。人生最难忘的是家庭的温暖、亲人的关怀备至。所以说一个成功的企业家的背后一定有一个贤妻良母，和蔼可亲、既包容又关爱的妻子一直在默默支持他的工作，操持着家庭，让他和孩子们有一个幸福温暖的家。否则，企业家的成功谈何容易？

黎福根说："我不太喜欢打牌，稍抽烟，不喝酒，最大的嗜好就是工作。经常在外奔波，联系业务，那年腊月二十七八了，人家都在欢欢喜喜准备过年过节的物资了，我却还在外边搞产品推销。这些都是为了乡亲们，做妻子的还能有什么话说，为了支持我创建自己的事业，她无所顾忌，只好豁出去了，全力以赴与我共同努力打造好自己的企业。"

这些年来，黎福根夫妻俩育有三女二儿五个孩子，这犹如给丰日企业注入了新鲜血液。但黎福根因为忙于企业这个大家庭，陪伴妻子和孩子们的时间并不多，是妻子辛勤劳作，操持着这个家庭。不管再累再忙，她都注重黎氏严谨的家风家训的教育，五个孩子从小乖巧，聪明伶俐，勤奋好学，互相帮助，乐于助人。可见，她承担了这个家

■ 2007 年 12 月 30 日，国务院八部委领导、专家莅临公司考察、指导工作

庭的大部分压力，既要照看孩子们，还要忙于工作，很多时候，她都感觉力不从心。

人到中年，黎福根因操劳过度，积劳成疾，导致身体状况越来越差，患上了糖尿病、高血脂和冠心病等。

她看在眼里，急在心上。为了丈夫的身体健康，她不顾劳累，在电脑上自学了许多医学知识，并且买了许多医学方面的书籍和药方书册来学习。同时，她见丈夫经常外出到浏阳市外、省城办事，为了安全起见，背着丈夫抽空去学习了汽车驾驶。一天，她突然冷不丁给了丈夫一个惊喜，将车开到丈夫面前，开玩笑地说："董事长，请上车。"当丈夫回过神来，看到是她，问及此事，她说出了实情，让丈夫感动不已，感慨万千。

生活中，她把学到的这些医学理论知识和方子应用到实践中，为丈夫调理好身体，并时常提醒他的日常饮食：要多吃一些清淡的食物，不要吃过于辛辣的食物，少吃水果，因为水果里有较多糖分，摄入过多可能会使体内的血糖不平衡，可以多吃一些新鲜蔬菜，补充身体所需的维生素，增强体质来预防各种疾病。

"家和万事兴。"由此可见，和睦的家庭，是事业成功的基础，是前进的动力。黎福根认为一个人事业的成功，是因为有了幸福的家庭，他才能不断强大自己，才有资本和能力去奋斗，去拼搏，去完成自己的事业，去实现自己的理想。而这种源源不断的力量，就来自于幸福的家庭。总之，家和了，万事都会兴旺发达。

榜样的力量是无穷的。黎福根的成功告诉我们，企业家也好，贤内助也好，双方都应该努力去包容自己的家人，好好呵护和热爱自己的家人，经营好自己的企业、事业大家庭和自己的小家庭。因为家庭的经济基础来自企业、事业；而企业、事业的成功却来自温馨幸福恩爱家庭的支撑。这二者是相辅相成的，缺一不可，只有让自己变得强大才是硬道理，堪称真正的人间正道。

第三十一章　父亲英雄，儿女好样

　　父亲是孩子人生的底气，对社会来说，父亲可能只是普通人，可对孩子来说，父亲却撑起了他们的整个世界。父亲给予孩子们的是依靠、勇气、毅力和信心。父亲是孩子们潜移默化学习的榜样，父亲身上的正能量，是孩子人生最初的安全感和归属感。

　　黎福根董事长的一生是艰苦奋斗的一生，犹如蓄电池般贡献的一生，人生难免有苦有甜，人生最难忘的是家庭的温暖、亲人的关怀备至，在他背后有着志同道合的贤内助。更值得骄傲自豪的是，黎董事长育有五个优秀的儿女。俗话说："父辈出类拔萃，儿女也不会平庸。"大女儿，黎建，现任湖南丰日电源电气股份有限公司财务总监；大儿子黎康，中共党员，现任丰日电气集团股份有限公司新项目开发部总经理；二女儿黎红，现任浏阳市中医院纪检书记；三女儿黎敏，现任浏阳市三馆党支部书记；小儿子黎超程，现任湖南丰日电源电气股份有限公司总经理。他（她）们相得益彰，是黎福根董事长一生的宝贵财富。

　　黎氏家族的家训家教向来都是十分严格的，作为父亲的黎福根处处以实际行动潜移默化地影响着五个儿女。儿女们日常都十分低调，特别是大女儿黎建和大儿子黎康，从小就给弟弟妹妹们起着带头模范作用。当姊妹们还在上学的时候，只要一放假，黎福根就会将他们（她们）按照年龄大小，轮番安排到丰日企业的工厂中去历练。在工厂历练期间，并没有受到特殊照顾，而是与工人们同吃一锅饭，这样的生活虽然比起在家里艰苦了不少，但能让孩子们从小就明白这饭来之不易。

孩子们从小就受着这样严格的教育和历练，但姊妹们一直听从父亲的教诲，在工厂好好学好好干，养成了不骄不躁和善于思考的性格，历练期间，姊妹们见证了也感受到了工厂工作的辛苦，更坚定了自己往后一定要努力学习的决心。因此，他们（她们）姊妹五个，从小学到大学，个个学习成绩出类拔萃，特别是小儿子黎超程留学美国，以优异的成绩学成归来。

大女儿黎建、大儿子黎康相隔两年大学毕业。姐弟俩因为从小受到父母亲言传身教的影响，看到爸爸妈妈为了姊妹几个，辛勤操持家庭和自己的工厂不容易，放假期间，姐弟俩商量着决定在大学毕业后留在父母亲身边，帮着父亲一起打理工厂的事情。于是姐弟俩与父亲商量着说出了心里的想法，希望他不要和公司的其他人透露他们是董事长的儿女。黎福根见状，满意地点了点头说道：父亲支持你们，放心大胆地去搏吧。同时，心里默默地想：这才是我的好儿女。这真是"父亲英雄，儿女好样"。姐弟俩在大学毕业后，一前一后被招聘到丰日电气集团股份有限公司工作，首先被分配在最基层的工厂工作历练，姐弟俩全凭自己所学技能和专长，虚心学习，不懂就问，在岗位上埋头苦干，一步步升职成为公司高层，经过多年的艰苦奋斗和打拼，功夫不负有心人，姐

■ 黎福根董事长看着妻子和儿女们在各自的领域发扬着黎氏家族的精神，开心地笑了

姐黎建晋升为公司高管财务总监，弟弟黎康晋升为公司新项目开发部门总经理。姐弟俩双双升到公司高层的位置。

当公司宣布新上任的财务总监黎建是黎家的大小姐、新项目开发部门的总经理黎康是黎家的大公子时，员工们这才发现，昔日与自己同吃同住、同甘共苦，如今步步高升的同事，真实的身份居然是董事长的大小姐和大公子时，敬佩之心油然而生！姐弟俩不走捷径，硬是凭着脚踏实地的决心和一步一个脚印的毅力成为高层的事迹，在公司传为佳话，从而成为全体员工学习的榜样！

二女儿黎红性格豪爽、热情大方，从小乐于助人，做起事来干脆利索，有父亲的军人作风，雷厉风行，聪明睿智。三女儿黎敏，退伍回来后被分配到市文体局，性格开朗，柔和又蕴藏着力量和敏锐的智慧，爱助人为乐，遇事果断机智，像父亲那样认真负责。姐妹俩从小深受父母言传身教的影响，在学习上，妹妹遇到难题，少不了经常向姐姐问这问那的，姐姐总是耐心地帮助妹妹；在生活上姐妹俩自立能力强，互相帮助。两人之间时常交流对书籍、电影、时政热点的不同看法，在乐事和琐事的分享中，她们丰富着自我认知。姐姐先考入医科大学，妹妹后考入湖南大学。

姐妹俩在大学毕业之前与父母亲商量：您的工厂有大姐和哥哥帮助打理了，我们姐妹俩就选择自己的专业，各奔前程了，父母亲表示理解和同意。姐姐黎红医大毕业后被浏阳市中医院录取，从事医务工作。妹妹黎敏学的是中文专业，湖大毕业后被浏阳市文化馆录取。姐妹俩在各自热爱的领域努力工作，发光发热，姐妹俩互相勉励，先后加入了中国共产党。历经多年的艰苦努力，姐姐黎红因工作出色，并且刻苦钻研，从普通医务工作者脚踏实地，一步一个脚印地晋升为浏阳中医院纪检书记。

而妹妹黎敏也不甘示弱，从一个普通的图书管理员，经过多年的打拼和兢兢业业的艰苦奋斗，晋升为浏阳市三馆党支部书记。一提到她们的父母，姐妹俩充满了感激之情，说父母给予自己的最大帮助是培养了她们独立的性格和坚强的毅力，使得她们拥有了不断向前拼搏的意志和不断进取的信心和勇气，在学习和工作中面对挫折和困难不忘初心、砥砺前行，才有了今天的成功！

榜样的力量是无穷的。从小聪明伶俐的小弟黎超程，见姐姐哥哥们都大有出息了，更激起了他努力学习、发奋图强的超越精神而留学美国，成为丰田村第一个留美的留学生。历经近八年异国他乡的刻苦学习，以优异的成绩学成归来，直接进入湖南丰日电源电气集团股份有限公司任总经理。如今，黎家的五个子女在各自的领域里发扬着黎氏家族的精神。

第三十二章 黎氏家族良好的家风家训

黎氏家族良好的家风，犹如春雨一般润物无声。家风的传承，关系到孩子的个人成长与未来，在名门之风、家和万事兴、孝亲爱老、教子以道、清廉勤俭、积善之家、家规家训等方面传承优秀美德对提升儿女们的自我素质有所助益。

促使后辈成才，除了长辈严格要求，还要有良好的家规家训。在黎福根家，兄弟、姐妹、儿女众多，他为人诚信、艰苦朴实的待人处世之风范，点点滴滴都在潜移默化地影响着亲人和孩子们。黎福根言传身教的五个儿女，也和他一样，从小就养成了为人诚信、艰苦朴实的待人处世的优秀品质。

我们不妨再通过这个家庭最小的成员——黎超程的言行举止和表现，来看看黎氏的家风家训是怎么潜移默化地影响孩子们的。

从降临这个大家庭之时，黎超程就一直被亲人们宠着，沉浸在浓浓的亲情之中。会说话、会走路后，黎超程就成天跟在姐姐哥哥们身后嬉闹，姐姐哥哥们爱学习、爱劳动、诚信朴实的行为，潜移默化地影响着他。同时，严格而又良好的黎氏家族的家风家训，伴随着黎超程一天天长大。

在黎超程三四岁时一个炎热的下午，家里有几个装修工人在干活，他很好奇地搬一张凳子坐在旁边看得津津有味。没一会儿，只见他涨红着脸，费力地抱来一台电扇，给工人叔叔们吹风，他还说："叔叔，好热，出汗了，吹一下风吧。"师傅们一看，连声说道："这孩子真懂事啊！"再一转眼，黎超程又从室内抱出几个大苹果，一人一个塞到师傅们手里。黎超程的外婆却故意对他说道："你给别人吃了，自己吃什么呢？"黎超程却用大人的口气说："他们好辛苦。我让他们吃！"

黎超程还不会写字的时候，就以他幼儿特有的行动书写着"节约"两个字。家里人多房子也大，从底层到楼上，很多卧室里都有电视机。晚上，黎超程会跑来跑去，将各房间的电视机统统关闭，说开这么多台电视浪费电，都到客厅去看吧！他的话就是命令，谁都不准违抗。有家庭作业，他放学后就赶着做，同学邀他一起玩，说晚上再做作业呀，他回答说晚上要开灯，浪费电！遇到水龙头没有关紧，他也会连忙去拧紧，还一本正经地"教育"大人：水是生命之源，要节约用水。看他一脸严肃的神情，大人们忍不住都笑了起来。

黎福根夫妇俩一开始对儿子的行为并不是完全了解，为了看看他到底是大方还是吝啬，两人试着将家里的一些重大支出向他"汇报"。黎超程的母亲对他说："你爹为了家乡建设小康村，拿出了几百万元，你同不同意？"那时候的黎超程在上小学，只知道几百万元是一笔很多很多的钱。他知道一度电才五毛八分钱，几百万是多少个五毛八分呢？这数字太大了，他算不出来。他有些茫然地问："建小康要那么多钱啊?"为了使孩子对几百万的用途有一个具体的概念，黎福根夫妇决定带他到丰田去看看。

星期天，黎福根夫妻俩带着黎超程驱车前往丰田，在接近丰田时，找了个合适的地点停了车，沿着组组通公路一路走来。黎超程这里瞅瞅，那里看看，感觉很新鲜，兴致勃勃地走走停停，一边指指点点地问妈妈："这些公路都是用爸爸的钱修的?"妈妈点点头。黎超程很满意地说："这路走起来好舒服的，修得好，钱用得到位。"当来到蓝家湾大桥上的时候，黎超程在桥上走了一个来回，然后指着桥面说："干吗修这么宽? 修窄一点也能过车，能省一些钱搞别的建设呀!"他说话的口气，就像个大人。

■ 蓝家湾大桥

"考察"榴花洞生态山庄是黎福根夫妻俩此行的重点。黎超程听说这个工程家里投了很大一笔钱，便看得十分仔细。"陪同考察"的黎福根董事长夫妻俩不时解释几句，黎超程不时点头，表示满意，直到黎福根称要将这里建成名山时才提出质疑。黎福根解释说："你去过黄山、庐山，为什么那些山能成为名山呢？就因为去看的人太多，出了名就成名山了。将来丰田墨斗峡开发好，自然来看的人就多，看的人一多，不就成为名山了吗？"黎超程闻言，不由得笑道："有道理。还要花钱的话，你只管拿家里的吧！"

这时，陪同在一旁的母亲故意说道："你看别人都拼命挣钱拿回家里来花，可你爸却将家里的钱都拿出去给别人花，做大家的事，你不觉得可惜吗？要知道，这些钱留下，将来都是你们的啊！"谁知黎超程却摇了摇头，不以为然地说："家里要那么多钱干吗？花就花呗。大家都过好日子，大家都高兴，那多好？花呗，我们不要那么多钱，还怕小偷和强盗呢，难得保管！"

黎超程城里的家，距离他就读的黄泥湾小学有几华里路程，而且要经过闹市区，家里每天给他一元钱坐公交车（单程学生票价五角）。过了一段时间后家人意外发现他兜里有钱，问他钱从哪里来的，这才知道他根本就没有乘公交车，钱都省下来了。问他要钱干什么，他以与年龄不相称的神情说："我们学校有同学爸妈都下了岗，困难，我想帮帮他。"黎超程7岁那年，学校动员为公益事业捐款，紧接着又发现一名下岗职工子弟没钱吃不上饭，他二话没说将家里给他每月在学校吃中餐的150元外加平日攒下的50元全都掏了出来。在这些方面，黎超程总是不甘落后，每次捐款都要争第一名。

黎超程在黎氏家训家风的影响下，从小就养成了勤劳俭朴、助人为乐、坚忍宽容的个性。在他十岁那年，一天傍晚，他放学回来后身上有多处伤痕。家人吃惊地问其原因，他如实相告："是被同学打伤的。"家人很生气，就要带着他找上门去理论一番。黎超程不同意，他说同学又不是故意的，不要去找人家的麻烦。母亲说："我不去找麻烦，但到底是谁打了你，你说出来吧。"黎超程坚决不肯，并说："你知道了一定会去找他。你不要再问了，我是不会告诉你的。"虽然当时的谁是谁非已经很难详究，但黎超程处理问题的成熟冷静无疑让人感叹。

黎超程小学毕业后，参加了长沙市某重点中学的入学考试，考试的成绩自我感觉还不错。不久之后，录取通知下达了。黎超程稚气未脱的脸上洋溢着快乐的笑容，须知，上名牌学校，是他做梦都在想的事啊。此后，他抓紧时间学习，为上学做准备。

然而，有一天，他从外面回来，一脸严肃，弄得黎福根夫妇都感到有些意外，不知到底发生了什么事。原来，他听同学说有个别考生分数不够录取标准，是家里拿钱买来的学籍。正在此时，黎超程无意中听大人说家里给了学校两万元钱，此时他脸涨得通红，显得有些激动地说，如果他的录取通知也是花钱买的，那算什么本事，他宁愿不读。父母告诉他，他的分数的确达到了录取标准，至于给学校钱，纯属捐资办学，压根儿与花钱买名额指标无关。黎超程闻言，脸上这才重新绽开满意的笑容。

黎福根一直以来对自己的五个儿女的表现都特别满意，只要有人提及他的五个儿女，他都会露出骄傲的表情，并且还会扳着手指如数家珍般地向你讲述：他们家的老大、老二怎么怎么好；老三、老四怎么怎么听话；小儿子黎超程怎么怎么乖巧……言语间透露出自豪感。

一天，黎福根带着黎超程站在当年种的那棵枣树下，三十多年过去了，昔日的枣树已经成为枝繁叶茂的参天大树，树上挂满了枣子。黎福根摘了几颗给儿子吃，问道："甜吗？"黎超程点点头："很甜。"黎福根弯下腰埋了几颗种子到泥土里，还对儿子说："超儿，小小的种子，一旦落地，它就会努力扎根，发芽，不论风吹雨打，沧海桑田，它都会努力向上生长，然后它的叶子和果实会成为肥料滋润生长它的土壤。"

"你永远要记住，我们每个人都是一颗种子，祖国和人民就是我们生长的土壤。做人，我们永远都是中国人！做企业，我们永远都是中国企业！无论风云变幻，沧海桑田，我们都要不忘初心，艰苦奋斗，突破万难，努力成长，努力让自己枝繁叶茂，硕果累累，长成顶天立地的大树，再用我们的枝叶和果实作为肥料去滋养和报答我们生长的土壤！这就是种子精神！"

黎超程认真地点着头："父亲，我一定会铭记的！"

第三十三章　惊魂放排，为村通电

以前，丰田村的道路上和村庄里连电线杆都没架，更不用说电灯了，夜晚一片漆黑，严重影响居民出行，而且存在许多安全隐患。村民们迫切期望村里架上电杆和电线，通上电和安装好路灯，实现村庄道路亮化，方便大家出行。时任大队主要领导的黎福根从集体利益出发，为解决村里的通电问题，寒冬腊月，不顾自身安危带领大家于山涧洪流中放排，奋力拼搏，硬是从深山里将电杆树放排了出来。紧接着又不辞辛苦地带领大伙用放排出来的电杆树，给村里竖起了一根根电杆。但这还不能一步到位，可见这不是一件容易的事情，只能说是"万事俱备，只欠东风"了。

那时候还没有告别吃"大锅饭"，以生产队为核算单位，好一点的生产队勉强能填饱肚子，差的生产队基本上吃饭靠返销、花钱靠贷款。要全大队统一购买电缆线，从各生产队筹集资金就是伤脑筋的事。好不容易筹够了资金，购买电线又成了问题。计划经济，样样要凭票供应，票从何来？没有票，就得找关系。对此，黎福根思想上早有准备，他多次与湘潭的战友联系，买电线的事一有眉目，又自告奋勇地承担

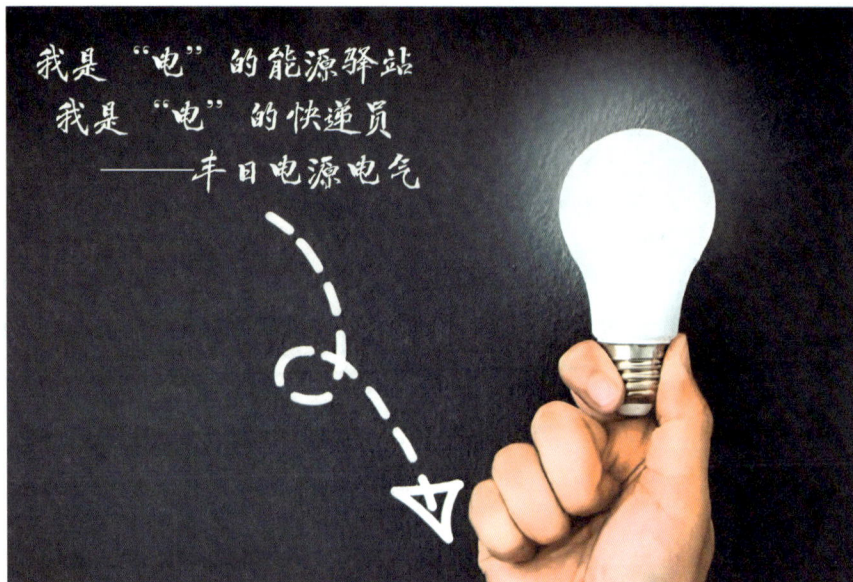

■ 丰日电源电气的公益广告

了购买电线的任务。

电缆线买回来之后，另一项大的开支就是电杆了。大队负责人一开始就做好了用木电杆的打算，山区的木材只要自己动手就是，不必掏钱，这样也可以省去一大笔开支。

然而，这没当回事的事，一旦办起来却不容易。距离太远，需要的电杆太多，而且对材质有一定的要求。大队领导逐个生产队落实，虽然每个生产队都有木材，可符合做电杆要求的却很少。界岭下的大山深处可以砍伐，但路程太远，笨重的木材只有晒干后待山洪暴发期间走水路运输出来，时值初冬，山涧干涸，即使山区有合乎规格的木材也休想运出。

怎么办？等明年再说吧！大队领导有些泄气了，可黎福根却仍然在积极地想办法。早一天安装，丰田的父老乡亲就能早一天享受通电后的种种好处，对通电后能给家乡带来的变化，那份憧憬已久的期盼，是何等迫切呀！

说来也巧，本来是雨水稀少的季节，竟刮起了东南风，天上的云层越积越厚。开始，人们还不以为意，突然下起了倾盆大雨，正在屋子里彻夜难眠为如何落实电杆发愁的黎福根，心头顿时一亮，喜不自禁地推开大门，面对风狂雨骤的沉沉暗夜，大声地喊叫："好啊，电杆有办法了，苍天有眼！"

天还没有大亮，他就按捺不住冲出屋子，顶着雨来到小河边，断流达三个月的河床已经翻腾起滔滔河水，水运木材的机会到了！他赶紧直奔大队支书黎茂桂家而去，谁知，两人在路上撞着了。天色朦胧，尚看不清迎面来者的面孔，但彼此从脚步声中认出了对方，带着同样的兴奋，两人不约而同地说："快组织人赶运木材！"

至于木材，黎福根已经在界岭下邓某家看好了一批准备建房用的杉元条，很适合做主线电杆，听说大队想与他交换，反正建房不必使用这么粗的树干，给他换小一点的更适合，两全其美，皆大欢喜。如今，机会来了，务必抓紧时机。

很快，由黎福根、黎茂桂组织的放排队伍于次日凌晨天未亮就沿崎岖的山路往界岭下邓氏堆放木材的山涧源头出发了。他们一个个肩上扛着嵌有钢钻的竹篙，腰上别着饭包，脚上穿着破旧的解放鞋，穿过莽莽丛林，走进了无边的黑暗，在瓢泼的雨水中爬上了山坡。雨水、汗水将衣服弄得湿漉漉的，系在背上用来遮挡雨水的农用薄膜纯属多余。

于是，由大队支书亲自挂帅，黎福根紧随其后，一些身强力壮的小伙子脱下厚厚的冬装上阵了。当时气温已降至4℃左右，他们将裤腿挽过膝盖，跳进湍急的水流，开始放木排了！天气寒冷，人身上的衣服穿得厚，动作也有些笨拙。冬季在冰凉的水中放排，闻所未闻。但通电也是祖祖辈辈未曾经过的呀！

好不容易来到堆放木材的河边，天已经大亮了，大家顾不上喘息，开始扎排。扎好木排之后，大家赶紧一边吃饭，一边趁机休息一会儿。饭冷且硬，在水里泡得又红又紫的手指笨拙地抓一把塞进嘴里，一点味道也没有，要伸长脖子使很大劲才能咽下去。黎福根咽着冷硬的饭，想着家乡目前的贫困，还有即将通电的光明日子，不知不觉湿了眼眶，他轻轻放下饭包，望着艰难地吞着饭的同伴们笑了。

吃完饭，黎茂辉到黎福根的木排上仔细检查了一遍。论放排的技术、身体条件，他都在黎福根之上。一切准备停当，便由黎茂辉在前面开路。但见他拿起竹竿轻轻一点，木排便冲进了奔腾的急流中！黎福根紧随其后，人和木排一起在波涛中时隐时现。

这条山涧，不但水急，而且有许多近90度的急弯，放排工手里的竹篙要瞅准时机眼明手快出击，将一端插入水中，双手紧紧撑住，操纵整个木排在湍急的山涧、险峻的山谷中前进。

黎福根虽然放过排，但此调不弹久矣，技艺便有些生疏。他试图模仿黎茂辉的动作，将竹篙嵌有钢钻的一端甩出去，可是，一个措手不及，排头撞在一处陡弯的岩石上，他的整个身体扑倒在排上。排头堵住，整个木排都不动了，一泻而下的急流被阻，顿时，激起无数水柱，像喷泉般喷射在两岸树木的枝叶上，又变成水珠降落，密密匝匝洒得黎福根睁不开眼，透不过气，被动地承受着由自己一手炮制的"人工降雨"的滋味，但他的双手仍紧紧地抓着竹篙。他心里明白，放排工手中的竹篙，就等于战场上士兵手中的武器，如果竹篙丢了，那还放什么排呢？睁不开眼就睁不开眼，站不起来就站不起来，他整个身子趴在木排上，再一次将手中的竹篙抛出，插入水中，竹篙尖端的钢钻倏入石缝，另一端搁在肩上，他咬紧牙关，猛一使劲，排头终于从陡弯内滑了出来，整个木排又顺流而下，飞溅的水柱立刻消失了。可这时他手中的竹篙插在石缝里似乎生了根，使尽全身的力气也拔不出来。木排走了，他人却撑着竹篙留在原处，脚踩在河床上，冰凉的水立刻浸没了胸脯，彻骨的凉，直透五脏。他顾不及了，用力扯出竹篙，蹚着水追赶木排，不知追了多久、多远，但见河两岸的树木迎面扑来，又向身后隐去。追呀追呀，终于靠近了！只见木排又撞在一个陡弯的岩石上，湍急的水再次被阻溅起一道道水柱，他不顾一切地钻进水中，爬到木排上……

经过近 20 个小时的奋力拼搏，主电杆所需的木材终于由水路运到了丰田，但放排的年轻人们却一个个冻得嘴唇乌紫，手脚僵硬，几乎讲不出一句囫囵话来。像黎福根那样的身体条件就更惨，到达目的地后，他一下跌坐在河岸上，半天也站不起来。照说，年轻人劳累之后，只要饱睡一晚就能恢复，可他只睡了几个钟头。因为，第二天早晨还有许多有关通电的事等着他去处理，他浑身的骨头仿佛要散架了，挣扎了半天才勉强起床……

一年之中，中国人有许多要过的节日，春节端午，代代相传，新中国成立后，又过起了五一和十一，还有什么圣诞节、情人节也赫然标记在中国人的日历上。可不管怎么看，农历十二月二十三日绝对不是什么节，但对于黎福根来说，1978年农历这一天，却是一个铭刻于心的永远的节日。

那天傍晚时分，丰田村的男女老幼几乎全都守候在自己的屋子里，守候着悬挂在土坯房子里新安装的电灯泡，静候着它带来的第一缕光明。那些千百年来习惯了日出而作日落而息的农人，早早放下手里的活儿，搬一把木椅，坐在灯泡下，用吧嗒吧嗒抽烟的方式掩饰着心中的急不可耐。各个屋场黑乎乎静悄悄的，除了几条狗还在游走乱窜，几乎一切都停止了活动，在静静地期待着光明的到来。

突然，整个山村屋场村舍土房全亮了！紧接着就是此起彼伏的欢呼声。城里人遇到喜事载歌载舞，乡亲们自有他们庆祝的方式。孩子们在雪亮的灯光下欢蹦乱跳，尽管天气寒冷却敞开着大门，从屋子里窜到禾场上，又从禾场上飞进屋子；成年人、老人只知道咧开一张嘴傻笑，眯缝着双眼变换角度东瞧瞧西看看，从东家走到西家："看看你家的电灯好像比我家的还亮呀！"西家走到东家："哎呀，我看你家的灯泡要亮些！"跟随长辈而来的初中生纠正道："都是15瓦的灯泡，一样亮！"

在东家走走西家瞧瞧的丰田村民中，也有黎福根。其实，用电，

■ 丰田村路灯

对于他来说，已不算新鲜事了，可那都是别人的，唯有眼前这照耀得如同白昼的电灯光，才是属于自己的啊！那次放排，黎福根多处受伤，浑身瘀青。然而，置身此情此景，他感觉不到伤痛，充溢心头的只有快乐和欢欣。

更有趣的是，年过八旬的罗老倌将烟凑在灯泡边点烟，他吸了半天烟还是没燃，转身笑道："真奇怪，这么亮，为什么会点不燃烟呢?"

"哈哈哈——"男女老幼一齐大笑。

"哈哈哈——"黎福根也忍俊不禁，仰头大笑。

在走过的 27 岁的人生旅途中，他还是第一次这么尽情地开怀大笑，用自己的辛劳、心血换来父老乡亲的快乐，还有什么比这更有意义呢。

通电，使丰田村民的生活发生了质的变化。但随着时间的推移，刚刚通电的喜悦不复存在，甚至觉得是理所当然的了。一年、两年、三年……木质电杆经受不了风雨的侵蚀，开始腐朽，改用水泥电杆成为当务之急。

可一大笔资金从何而来？联产责任制刚刚起步，许多农民为生产力的提高、剩余劳动力找不到出路而发愁。集体经济已经解体，要逐门逐户筹集资金谈何容易。黎福根心里明白，如果自己不出面的话，这换电杆的事在丰田村根本办不成。已经有部分木电杆被风吹倒，断电的事时有发生。

这时候，尽管他办的厂子资金紧缺，他还是挤出 26 万元来进行电杆的改换和线路的调整，这一劳永逸的工程，使光明长驻丰田。

第三十四章　想要富，先修路

"若要富，先修路"已经成为人们的共识。可是，修路难哪，修公路更难。其一，需要花费的资金比通电更多，困难更大，任务更艰巨；其二，做人的思想工作更难，难于上青天！

昔日，因丰田村的地理位置较为偏僻，联结丰田与达浒集镇的是一条5公里的乡间土道，这条道是世世代代丰田人用脚掌踩出来的，在田垄里阡陌之间弯来绕去。位于丰田村的这段土路，是连接外界的主道，是当地村民耕作、外出的必经之路，由于丰田河水的常年泛滥，乱石堆砌，雨天满脚泥水，晴天尘土飞扬，茂盛的杂草和村民的耕地几乎连成一片，给村民们的生产和生活带来了很多不便，给丰田村的经济发展带来了极大的困难。直至1977年，在大队的统一部署下，才将大道拓宽至3米，谓之机耕道，也仅能容一辆拖拉机驶过。

机耕道带给丰田村民的欢快是短暂的。谁都知道，道路是需要养护的，像丰田这样连温饱都没有解决的地方，哪有这样的财力？春夏几场暴雨之后，这5公里的机耕道便到处坑坑洼洼，泥泞异常，行路难，路难行啊！

对于这份苦处，黎福根和他的员工们几乎每天都得辛苦体验。化工厂的员工们出出进进的次数，比任何人都多。丰田人经常看到，当坑坑洼洼的机耕道连拖拉机都没法通行的时候，四条汉子一个个肩挑手提，用人力搬进原材料，又将产品挑出。黎福根强烈地感觉到，修一条能行驶汽车的公路，对他的企业，对所有丰田人是何等重要！交通不便，一直是制约丰田发展的瓶颈。黎福根看在眼里急在心上，更增强了他修公路的决心。

黎福根深谙，修公路需要花费的资金比通电更多，困难更大。行路难，修路更难，要想在丰田这样一个贫穷的地方修公路则难上加难。因此，他经常向父老乡亲宣传动员，大家有钱出钱，有力出力，一定要将公路修进丰田，让汽车开进丰田。这样的好事，说起来，谁不支持？但真正付诸行动就难了。出力是可以的，但出钱就办不到。剩余劳动力找不到出路，生存面临困境，哪里还拿得出钱修公路？

尽管困难重重，达浒至丰田的公路，还是于1985年破土动工了。当然是黎福根发起的，也是他拿的钱，宽6米，载重汽车可以通过了，3年后又拓宽至9米，将弯道改直。

生活中一分钱恨不得掰开两半花的黎福根，却一下子拿出50余万元用于达（浒）丰（田）公路的修筑，其决心和魄力不言而喻。偏偏有人不领情，认为黎福根通电、修公路完全是为自己，因为他的厂子没有电不好生产，没有路不便运输。基于这样的原因，他们非但不支持修路，还在施工过程中制造矛盾，横加阻挠。拓宽路面时，涉及某些村民的责任田，乡政府及有关执法部门出面做工作，可他们还是漫天要价。

话讲轻了，不进耳朵，说重了就蛮不讲理："修什么公路？我家祖祖辈辈没坐过汽车，不也一个个活了几十岁?!"

达丰公路要通过邻村长益村约2华里，该村少数村民口口声声说："你们丰田人得了好处，不能损害我们的利益，占我们的土地呀！"

这些人未免言过其实，公路从自家门前通过，怎能说仅仅"你们丰田人得好处"呢？你们不也一样受益吗？黎福根无奈，只好将这段路的工程承包给那些阻拦施工的邻村人，问题才得到解决。

邻村人难对付，本村人也不见得就那么好说话。达丰公路终端要穿过一片良田，首先站出来表示坚决反对的是曾担任过生产队队长的老宋。老宋为人耿直忠厚，祖宗三代打长工，旧社会吃够了没有田的苦头，好不容易盼到一份责任田，现在修公路却要占去一部分，这比割他心头的肉还难受。黎福根和乡政府做了很久的思想工作，老宋就是不答应，父子俩扛着锄头守候在田头，看哪个动手就和他拼了！乡政府领导经过磋商，准备采取强制措施，黎福根不同意。他知道，老宋是一个善良的好人，不愿伤害老宋，再一次登门做思想工作，大谈修了公路之后将给丰田人带来的诸多好处，而且说上海、北京人没有田，同样吃饭，而且吃得好些。

其实这些话是多余的，老宋既然当过生产队队长，这样明摆的好处怎么会不懂得。他是心疼来之不易的土地啊。最后，黎福根提出，用自己的一份责任田补偿，由他指，要哪儿的就给哪儿的。听黎福根这么说，老宋有些不好意思了。他是看着黎福根长大的，他为地方造福做了那么多好事，自己这样，太自私了！他缓缓地站起来，在将要修路的田里捏起一把土，轻轻地搓揉，半晌，长叹一声："福根，开工吧，什么都不要说了……"

来自一位堂叔反对的理由，则更令黎福根不可思议。公路画线，并不经过这位堂叔的责任田，但被占的土地中，有一丘土改前属于他的水田，这丘水田在土改后与他没有一点关系了，如今他还梦想着"复得"。

黎福根听堂叔说出自己的顾虑，不由得瞪大双眼看着他。堂叔是族中读书最多的，可怎么会有如此荒唐至极的想法，让人哭笑不得。新中国都成立几十年了，国家土地法规定，经过土改运动统一划分后的土地各归其主，除非重新分配，堂叔不说话了。看着堂叔闷闷不乐离去的背影，黎福根的心情十分沉重。诚然，改造山村落后的外貌极其不易，但

■ 黎福根带领村民们修路

要改造一个人的思想才是难上加难!

随着丰田经济的快速增长,这位堂叔也逐渐意识到自己的念头有多么荒唐可笑。现在,他的儿子儿媳妇均在丰日电气集团工作,有的还是技术骨干,年收入数万元,家里早已住上了红砖楼房,清一色的家用电器,当年的那些争执计较,随着岁月的流逝也都烟消云散了。

有路必有桥,而达丰公路沿线居然没有一座桥。像丰田这样的山区,路况复杂,建一座桥很容易,要维护一座桥却很难。修桥本来是一件好事,但黎福根却为修桥下了大力气,一共三座,均与丰田小学有关。

丰田小学地处高坡,三条必经之路都跨过小河,联结两岸的是木桥,世世代代沿袭下来,那风雨浸润的朽木,摇摇晃晃的,随时都有可能散架,也的的确确经常散架。没有桥,丰田人只能衣服一脱,蹚着激流过河。要是冬季,河水干涸,踩着河床上的石头,也还方便。为难的是小学生,山洪暴发的季节,大人尚且过不去,孩子们只好与老师隔岸相望,于是缺课现象十分严重。

一次,也是夏季涨水河上无桥,黎福根送孩子弯了几华里去学校,见教室里空了许多座位,他望着学校土坯墙上醒目的大幅标语"再穷不能穷教育",一声叹息。于是,建水泥桥的决心就在这个时候下定了⋯⋯

40年弹指一挥间,现在,过往南家湾、蔡家湾及新田岗三座水泥桥的丰田人,很少再提起当年建桥的事了,更无人记起提心吊胆地走过摇摇欲坠的木桥的情景。岁月的风雨为坚固的混凝土结构的桥梁抹上一层长满苔藓的沧桑,默默地守候在小河边,目睹着丰田人一天比一天快乐的日子。

第三十五章　兴建旅游景区度假村

　　黎福根深知：乡村旅游的突出特点在于游客直接走进乡村，体验乡村环境风貌，感受乡村生活气息，实现与乡村的近距离接触。游客深入乡村才能在旅游体验中进行消费，旅游消费的过程也是乡村旅游产品和服务进入市场的过程。

　　历经攻坚克难，路终于修好了，并且是村村通、组组通。为发挥大围山的资源优势，除农业项目外，继而兴建了旅游景区度假村，发展了丰田村旅游业。黎福根又投资 2000 多万元带领村民利用当地良好的生态资源条件，在家乡浏阳市达浒镇丰田村兴建了榴花洞景区，景区占地面积 7000 余亩，是集休闲、健身、娱乐、住宿、漂流、美食于一体的新生态特色休闲基地。

　　这个消息传开后，村民们不由得傻眼了，大家都怀疑自己听错了。

　　墨斗峡，是丰田村全新生产队管辖的地方。几座连绵的山坡、山坡上的松树、杉树等树木枝繁叶盛，一条只有春夏才有水流的小溪从山顶的岩缝中冒出来，顺着山涧往下淌。早在唐代，便有几户曾姓人氏，为避饥馑，几经转折迁徙，在墨斗峡安营扎寨，用勤劳的双手，开辟良田，播种谷物，生儿育女。至清末民初，墨斗峡已有十几户人家。居住的茅棚变成了青瓦砖房，水田旱土扩展到数十亩。路人只要跨过丰田河上的一座木桥，再往左走一段，穿过一处狭窄的山坳，立刻就会被眼前一幕幕世外桃源般的美景吸引：星罗棋布的各个屋场，欢声笑语，犬叫鸡鸣，呈现出一片生机勃勃的景象。

2005年冬，丰田村委规划小康村蓝图的时候，黎福根提出丰田发展四句话："设施先行，旅游带动，农工并举，共奔小康"，要在丰田建度假村。度假村，对足不出户的村民来说，也许是陌生的新事物，但那些多年在外务工的人闻之则连声叫好，因为这是一条依托地方区位优势另辟的生财之道。黎福根知道，墨斗峡的山岭划成了许多小块，成了村民的自留山，要在那里建度假村，必然要涉及自留山的权属处理的问题。

■ 榴花洞生态度假山庄

有了修公路的教训，黎福根在决定建度假村之前组织村民代表外出参观。他们来到长沙县的郊区，当地居民有接待旅游散客的习惯。黎福根一行来到一户村民家里，经聊天得知，去年冬天他家里住了三个韩国客人，一次就赚了 10 万元。这番话，说得众村民代表坐不住了，跃跃欲试，并对此充满信心。

长沙县参观归来，黎福根又领着这伙人马不停蹄地返回达浒，来到金坑、板背。这两个村利用当地山区丰富的水资源建了漂流项目，游人不少，可是，游客玩得尽兴却没有食宿的地方，旅游设施不配套。黎福根说丰田河也可以搞漂流，配套设施应该与建设漂流的工程同时进行。既是度假，让游客玩得痛快、尽兴，才是关键，如果功能不齐全，一天游玩下来，食宿没有着落，那怎么行呢？游客还会来吗？漂流必须有配套设施建设，这样一来，地方的经济自然也带动起来了，这就叫作"一石三鸟"。

黎福根在丰田建度假村的设想一经提出，立刻在广大村民中产生了强烈的反响，大家纷纷议论开来。正如修公路一样，也有极少数人表示怀疑乃至反对。一句话，还是没见过世面，都不相信。千万别小看了极少数人的不相信，它可以抵消热情，增加不应该有的困难，有道是"成事不足，败事有余"。

墨斗峡现在划分为许多小块，分别为村民个人的自留山。黎福根在规划墨斗峡度假村的村民大会上，讲得十分清楚，所有度假村范围之内的自留山，一律作价入股。他讲得很明确，入股之后，大家都是股东，即"老板"了。

■ 榴花洞生态度假山庄

　　黎福根对建度假村的大好前景，进行了一番美好的描述后，有的村民的反应与修公路时如出一辙。有那么一两个村民，要他入股当老板赚钱，他横竖就是一个不放心，不断地磨磨叽叽。

　　黎福根为了打消他的顾虑，提出两个办法供其选择：一是干脆卖给度假村，钱款当场结清；二是签订入股合同，每年分红利。这位村民就是拿不定主意，一次性买断，怕以后度假村经营得好了吃亏；如果入股，红利少，还不如一次买断合算。就这样，折腾了好几天还是拿不定主意。

　　由此可见，要在农村办一件好事，哪怕是功德无量的好事，都很难很难。

现在，全国各地为了本地的经济发展，千方百计引进外资，谓之"借鸡生蛋"，出台了一系列优惠政策，对招商引资的有功之臣予以重奖。丰田人真的好幸运，当其他地方为了争取建设资金焦头烂额的时候，他们却不必担心，因为他们之中有一位心系父老乡亲的好儿子——黎福根，早已为他们的安居乐业殚精竭虑，日夜操劳。黎福根何尝不知道，丰田的男男女女，那一声饱蘸着深情厚谊的"福大哥"就能说明一切。因而，尽管在墨斗峡的山林股权作价的问题上，有极个别人从中作梗，但黎福根为了说服他们，仍是极其耐心或上门入户，促膝谈心话家常；或召开各种会议，启发动员，鞭辟入里地分析，一直到东方发白……

为了使度假村的建设方案尽可能科学、理想地实施，黎福根决定深入墨斗峡实地勘查，摸清情况，获取各类详尽数据。黎福根将公司里的工作安排好之后，就驱车直奔丰田。

高山有好水。拟建墨斗峡中的"山庄"后面有一帘瀑布，每年春夏之交水量充足的时候，飞流直下三千尺的急水，轰鸣声响彻云端，云蒸霞蔚，何其壮观；时令入秋，但见悬崖上白花花的一片，永不知疲倦的瀑布，犹如高唱着进行曲倾泻而下，为墨斗峡平添了几分恰到好处的景色，犹如花果山的水帘洞，激起了人们探幽的好奇心理。也许，黎福根度假村选址时，就是看中了这里的水吧。

水，对于度假村的重要性，自是不言而喻。黎福根决定亲自出马，上山探寻水源，他有着这方面丰富的经验。这天一大早，黎福根一身山里人装束出现在众人面前，足下那双解放鞋特别显眼。但见他手持一把砍柴的镰刀，率两名助手上山了。

进入墨斗峡的深山老林中探寻水源，但凡熟悉山区特点的人都知道，这一路的艰难险阻让人望而生畏，而且山上潜伏的危险是时有发生，也是难以预料的。比如：山上必然有毒蛇猛兽、蚊虫水蛭，尤其在这闷热的天气，稍有不慎就有可能受到攻击，甚至造成生命威胁。

早在二十世纪六七十年代，黎福根作为生产队一名年轻力壮的社员，每年都有一段时间被派往山上采伐木材，那时候的说法就是"搞副业"，工分要挣得比不上山的高几倍。其中重要的原因就是山上干活除了特别辛苦，还潜伏着危险。正因为洞悉山里的一切，黎福根才决定亲自上山勘查。

一行三人沿着怪石嶙峋的山岭向上攀缘，但见黎福根手里的刀不时挥动，砍掉拦住去路的荆棘藤蔓，然后往上爬，几十年前上山干活练就的功夫又显露了出来。别看他五十多岁的人了，动作相当敏捷，两个年轻人反而气喘吁吁跟不上来，需要他的照顾。也许是为了照顾同伴吧，黎福根的注意力稍有分散，突然，从眼皮底下的灌木丛"呼"地窜出一群黄蜂，直扑黎福根而来。说时迟，那时快，他赶紧趴在地下不动，只感觉到头顶、脸颊、肩膀到处被黄蜂的毒针猛扎。那种钻心的疼痛啊！经验告诉他，无论多难受都必须忍耐，否则，将招来蜂群更密集的攻击。那种煎熬啊，一分钟比一个星期还要漫长！

第一天的勘查就此中断，黎福根被送往医院治疗，整个头部肿得就像罗汉，都认不出他是谁了。经治疗，到次日早晨已基本复原。他谢绝了医院的挽留，毅然决定再度上山。谁知祸不单行，第二天，他再次受到蜂群的攻击。不过，这一次他思想上已有准备，蜂群尚未发动攻击之前，他就赶忙趴下，脱件衣服罩着头部。虽然还是被黄蜂给扎了，但和昨天相比要轻得多。一天下来，人困饥渴。黎福根将衣服脱下，光着膀子，脚上的解放鞋也脱了，简直就像赤脚大仙，在人迹罕至的山路上走着。山岭上徐徐刮来的清风，轻轻地在汗水淋漓的身上抚摸，感觉舒服极了。

黎福根亲自上山勘测的事在丰田产生了极大的反响。榜样的力量是无穷的，许多村民纷纷效法，积极投身建设工地。在设计修水库水渠的时候，在乡水管站工作的技术员孔昭古，虽已年过七旬，却也自告奋勇要和黎福根一道上山实地勘察设计，直到完工。他激动地说："你没日没夜地为丰田致富操劳，我虽然一把年纪了，但身体还结实，你就让我也贡献一点余热吧！"在群众的大力支持下，工作进展得十分顺利。

黎福根经过深入勘查论证，又广泛征求村民的意见，然后在众人意见的基础上对度假村进行设计。有很长一段时间，他的心思都集中在度假村。正月初，正是农村一年之中最热闹的时候，亲友、乡邻大多有登门拜年的风俗习惯，像黎福根这样的家庭，前往拜年的更是络绎不绝。按习俗，拜年的客人来了，总是用好烟好酒热情招待，他却把客人领到墨斗峡，要大家都出主意，力求度假村以最佳方案施工。

度假村的方案出来了，很快预算也出来了，约 1500 万元。虽然定位为休闲健身，是以村上的名义兴建，可建设的责任几乎都落在了黎福根的头上。在丰田多年来已经养成了看样的习惯，只要黎福根经手的项目，他总是大包大揽，无须旁人操这份心。天上掉馅饼，是公认不可能有的事，但丰田除外。

在墨斗峡的建设中，黎福根特别强调一点，那就是修旧如旧——古香古色。许多旅游景点的最大败笔就是没有对这一点给予足够的重视，好端端的自然景观活生生地让现代文明给搞坏了。都市人缘何喜欢户外探险？就因为看厌了钢筋混凝土的建筑。墨斗峡沿小溪的崎岖山道拾级而上，树茂林密，阳光透过树叶洒落，犹如万点金鳞，人走在羊肠小道上，曲径通幽。溪岸上不时有用石块垒的坎，虽经几百上千年的沧桑，但依稀可辨，来到这里，就好像走进了久远的历史里。

历经不寻常的三年艰苦奋斗，今天的丰田村，继水泥公路组组通实现之后，一座被命名为"榴花洞生态度假山庄"的度假村矗立在丰田墨斗峡的半山腰，成为丰田的又一个亮点。当乘车沿达（浒）丰（田）公路进入榴花洞地段，你立刻会被矗立在半山腰的榴花洞生态度假山庄吸引住眼球，它具有现代化的风格，又不乏传统建筑的古色古香。顺着一条盘山公路行驶约 1500 米，就到达了山庄的门口。呈现在面前的楼台亭阁、花木水池，交相辉映，让人不敢相信，这里是墨斗峡？

信步走进大门，门右侧竖立着一只硕大的花瓶，墙上挂的两副对联堪称点睛之笔。其一："福地洞天松间只有蝉自语；悦目赏心清泉总与鸟争鸣。"其二："福临山庄人增寿；悦览水天心自娱。"

正面墙壁上挂着一排钟，一共五座，显示北京时间的那座居中，两旁分别显示着东京、伦敦、巴黎、纽约的时间。呀，在这偏僻的山沟里，居然对接着世界的时间，这一刻，你是不是可以约略体会到这山庄的总设计师心怀天下的胸襟呢？

从浏阳城区出发，行车约半个小时就可到达榴花洞生态度假山庄。陌生的客人一进入山庄，立刻就会被四周的景色所吸引，干净平坦的庭院、翠绿挺拔的古木、美不胜收的山庄，让人仿佛进入了传说中的"桃花源"。等不及喝杯茶，就会迫不及待地想进入茫茫林海，尽情地享受这负离子含量极高的天然氧吧的新鲜空气。

榴花洞生态度假山庄建有一个狩猎场，用铁丝网围着一片山林。透过铁丝网，可以看到一群群土鸡在里面自由自在地寻觅食物，三三两两的黑山羊在树林里相互追逐，野兔灵活机敏地在草丛间跳跃，眨眼就会消失在密林深处。

早晨，天刚亮，客人就能听到窗外鸟儿鸣叫的歌唱，拉开窗帘，眺望山峦，片片彩云从窗前飘过，置身此情此景，仿佛进入了仙境。

这座山庄的饮食也别具特色。米饭里掺有干红薯丝，香喷喷的，闻之食欲大增，这恐怕在全国各地都不多见。菜肴也是极浓的地方风味：黑木耳、炒竹笋、油淋辣椒、农家豆腐、米汤芋头、红烧肉、现杀现炒的飞禽走兽、山珍"海味"……还有降血压的野芹菜，这些菜都是山冲里自栽的无公害蔬菜和野生散养的小动物。使客人感到特别新奇的是，品种看起来和市场上购买的没什么区别，可吃起来就大不相同了。

当客人们吃得津津有味时，黎福根便会和蔼可亲地微笑着说："我们这里的菜味道好的原因，除了无公害之外，水也很重要啊！炒菜用的都是岩缝中流出来的弱碱性天然矿泉水，而且烧的都是柴火，全流程天然无公害，当然风味就好啦!"

而钓鱼，更是榴花洞生态度假山庄吸引众多游客的一大特色。没错，在山上钓鱼。走进山庄，最先映入眼帘的是一道横亘在面前的水泥大坝，坝内清清泉水，碧波荡漾，三五条鱼儿自由自在地游来游去。一般水域养的鱼，吃的是饲料，一年能长到五六斤，而榴花洞山庄的鱼都是纯野生的，生长缓慢，一年长不到一斤，但因为这里的水富含多种人体所需的矿物质，这些鱼的肉质格外细嫩鲜美，因此一些游客不远千里而来，就是为了到山上钓鱼、尝鲜。

山庄的大门上，还挂着一块不起眼的牌子，上书"丰田村民健身俱乐部"几个字。近年来，随着农村经济的快速发展，人们的价值观念也在悄然发生变化。首先讲这称谓的变化吧。现在，很少有人提及"农民"二字了，已经由"村民"替代了。

因为只要提及"农民"，立刻就会联想到"面朝黄土背朝天"，吃不饱穿不暖，见识也浅薄，似乎处处低人一等。君不见，赵本山演小品，非得戴上那顶破帽子，否则，就不是农民，或者还不够农民味。由农民改村民，社会变革，用铁的事实为"城里人"活生生地上了一课。

且不说衣食住行，村民一点也不比城里差。再看那"农舍"，恐怕是多少城里人梦寐以求的别墅啊。就拿"健身"来说吧。老一辈的村民多半认为，所谓健身就是城里人吃饱喝足之后，整天待在屋子里不动，闷得慌才活动活动筋骨，至于他们，为了永远都填不饱的肚子面朝黄土背朝天夜以继日，筋骨活动得够多了，哪还用得着专门的健身?可眼下这些村民啊，对他们来说，为温饱而拼命似乎是遥远的历史了，他们的生活质量大大提高，生活规律、节奏和城里人也没有区别。于是他们也想到了健骨强身，活得更加有滋有味了。

让我们一起走进榴花洞生态度假山庄的健身房看看吧。很宽的两大间房，其中一间里放置着两张乒乓球桌，倚墙还摆着可供休息的长沙发，另一间屋子里则安置着跑步、举重、按摩等多种健身休闲器材。每天傍晚，夜幕降临，但见三三两两的男男女女骑着摩托车、开着小轿车，沿着丰田河那条盘山水泥公路，驱车而上，将欢歌笑语洒在迷雾笼罩的树林深处，几分钟之后，那欢笑又从健身房窗口蹦了出来，昔日寂静的山林因之变得生机勃勃。

此时此刻，这个昔日偏僻冷清、被人们遗忘的穷山沟，已经完全与外面的大世界接轨了。这时候，也只有在这时候，你的目光凝视大厅里悬挂的那一排时钟，也许会情不自禁地定格在"纽约时间"……

人群中，一位年逾古稀的老人津津乐道：每天晚饭后，我会环村走一走，去公园里逛一逛，观赏美丽的河流，因为有路灯，不用担心看不清路。现在村庄环境越来越好，心情也越来越舒畅了。此情此景，不禁让人浮想联翩、感慨万千……

第三十六章 开辟榴花洞漂流

2009 年 7 月 8 日，原生态天然的榴花洞漂流节在丰田村榴花洞山庄隆重举行，这是一个艳阳高照的火辣辣的好日子，来自省市县的各级领导及长株潭百余家单位的客人济济一堂，但见彩旗飘飘，车水马龙，人流如织，真可谓盛况空前，整个丰田都沸腾了！

■ 黎福根在长沙市第二届漂流节开幕仪式上讲话

榴花洞漂流具有得天独厚的区位优势，此地距浏阳市区40公里，上有大围山国家森林公园，下有象形风景区，漂流河道全长6.5公里，全程落差128米，弯道19个。河道两岸山清水秀，树木葱茏、鸟语花香，天然景点繁多，其中仙人棋子石、雄狮眯水、怪蛙觅食、奇纹石、鬼斧神工、万年银杏格外引人注目。这里，既是年轻人探险寻幽的胜地，又是老者休闲的理想场所，也是妇女儿童亲情戏水之乡，更是情侣罗曼蒂克之谷，还是都市白领度假的绝妙之处。置身于山水间，在千姿百媚的石间穿梭，在险峻的石滩上飞舞，在峡谷间流淌，听天籁之音，感受大自然的恩赐，足以让人流连忘返。榴花洞漂流这个旅游景点的开辟，黎福根事必躬亲，汗水洒遍景区的每一个角落。黎福根不知耗费了多少精力和心血。

榴花洞度假村旅游景区和榴花洞漂流景点建成后，吸引了大量国内外游客，促进餐饮、农业产业、农产品等发展，旅游景区也声名鹊起，极大地提升了当地特色产业的知名度。目前已形成以餐饮住宿、会议接待、企业培训、棋牌茶艺、养生健身、狩猎垂钓和漂流等为主要经营特色的基地，成为浏阳唯一一家集漂流娱乐和餐饮住宿接待于一体的星级农庄和乡村旅游胜地。

用好用活旅游反哺政策，延长旅游扶贫产业链，发展"景区带动型"经济，带动周边的农民增收致富，助推旅游扶贫，参股合作，村民变股东；就近就地创业就业，上山变上班；旅游经营，民房变客房，走出了属于自己的脱贫道路。

丰田因丰日公司而名扬四海，经常有商家贾客不远万里慕名而至。

■ 黎福根在长沙市第二届漂流节开幕仪式上与来宾的合影

黎福根一边发展企业，一边致力于家乡的建设。他充分发挥企业优势带领父老乡亲进行基础设施建设，架设高压线，让丰田村的公路率先实现了组组通，此外，修建多座水坝、渠道、山塘，疏通河道，他还出资200多万元，将丰田与大围山镇交界的中段村五宝洞山岭劈开，使丰田公路与通大围山国家森林公园的公路连接在一起，实现了环形交通线，从此，丰田结束了从达浒进来后便不能出去的历史。接着又投入300余万元硬化了全村的主干道，修建了堤路合一的环堤大道。

黎福根心里时时刻刻牵挂着丰田的父老乡亲，丰田日新月异的变化是对他辛劳的莫大安慰。每当夜幕降临，丰田公路两侧华灯初上，丰田的父老乡亲常能看到一位中年汉子伫立路旁，深情地凝视着眼前的一切，似设计师在思考着这里未来的建设。放眼望去，远处山峦叠翠、眼底花草果蔬、近处溪流潺潺，一派欣欣向荣的田园景象！

为了开辟榴花洞漂流这个旅游景点，为建造榴花洞生态度假山庄、疏通河道、开辟漂流线路、带动当地旅游经济的发展，黎福根组织带领村民进行农林综合开发，种植经济林木 1000 多亩。目的是通过农林综合开发，带动丰田村的经济发展，为丰田村乡村旅游产业和农村支柱产业健康发展打下坚实的基础。

黎福根开发榴花洞漂流，除了着眼于开发旅游资源之外，保护这条河的水不受污染恐怕也是重要原因之一。每到枯水季节，村上便会安排人员日夜巡逻，那些偷偷摸摸毒鱼的现象得到了有效控制。而今的丰田人，再也不用担心饮用水源遭到人为的破坏。

第三十七章　开辟丰田福悦
身心疗养度假山庄

　　双休日或节假日到了，是时候选择一处风景区放松一下了，就到丰田福悦度假山庄体验一番田园生活吧。

　　福悦生态度假山庄坐落于丰田河出谷口的北面山坪，地势高，视野开阔，群山环绕，万木翠立。有山有水，环境幽雅，阳光充足，空气清新。山庄距浏阳40分钟、长沙1.5小时车程，交通便利。山庄水、电、通信等基础设施齐备，共有旱地一百五十亩，以及山庄周围、丰田河两岸，多达4000多亩可供流转使用的山土林地，是旅游休闲、健康养老的理想场所。

　　福悦山庄依山傍水，风景如画，民风淳朴，顾客至上。这里有连绵的山脉，青翠的树，清新的空气和凉爽的风。这里温度适宜，比长沙温度低9~10度，没有喧嚣，没有雾霾，一汪常年倾泻而下的瀑布，释放的负离子使得空气格外清新。做一个深呼吸，吐故纳新，顿觉心旷神怡，舒畅至极。

　　自驾游目标——浏阳市达浒镇丰田村的福悦山庄，沿浏阳往大围山国家森林公园宽阔的高等级公路，在达浒集镇左拐便进入了丰田，那纵横交错的公路就像蜘蛛网一样连接各个屋场，吸引着陌生人的眼球；田间地头，大片诸如玉兰、桂花树、红桎木的经济林风光带令人流连忘返；村路主干道两旁的乳白色路面，整齐划一，让人叹为观止。无须花太多时间，也不需要做太多准备。这个五星级的度假山庄就能让你享受闲适时光，只需您及您的亲人、您的朋友带上好心情，导航出发吧！

在这里，可以尽情地游玩，尽情地释放自己！狩猎场里，泉水池塘中的游鱼、漫山遍野的小白兔、散养的鸡、猪等您来一试身手。再或者和您的亲人、朋友来一场篮球、排球赛和智慧迷宫活动。再或者可以选择吃：火锅、烧烤……应有尽有。可以让您抛开繁重的工作和学习的劳累，尽情地任性撒欢，肆意玩耍，让身心得到舒适的放松。

福悦山庄五星级度假村集餐饮、住宿、狩猎、钓鱼、健身、娱乐于一体，在这山水之间度假休闲，度过一段美好的时光，让您如痴如醉般忘却疲倦和烦恼，不知今夕是何年。

玩累了、辛苦了或者饿了，吃也要吃得开心痛快，淋漓尽致！这里的农家美味可以让您的体能即刻得到满足和恢复。这里的"飞禽走兽、山珍海味"应有尽有：肉质鲜嫩的猪、狗、牛、羊、兔、鸡、鸽、鱼、虾、龟、蚌、鳖肉；新鲜可口的无公害绿叶蔬菜；美味鲜辣酸甜的炒蛋、油淋豆腐、辣椒、茄子、苦瓜、豆角、蘑菇……香软可口的面食；更有那长沙驰名品牌的臭味飘香的臭豆腐……总之，到了这里可以尝尽东西南北中各具特色、各种风味的佳肴，让您大饱口福！

待酒足饭饱后，您还可以到菜园里采摘您喜欢的瓜果蔬菜带回去，让您的亲人尝鲜。

请分享犹如仙境般的丰田村福悦山庄，分享让游人如痴如醉、流连忘返的美文：

双休日的一天，艳阳高照，我们慕名来到浏阳市达浒镇丰田村的福悦山庄，没想到白云深处的茫茫林海，竟蓄积着如此斑斓多彩的田园文化。

刚接近狩猎场时，说时迟那时快，只见一个帅哥提着猎枪一路奔跑，只见后面的一个美女边跑边喊着："快，追上兔子！"铁丝网围起来的百亩狩猎场中，但见森林茂密，遮天蔽日，一群白色兔子见他俩闯入"领地"，便赶紧朝山顶跑去，把持枪追捕的小帅哥远远甩在半山腰，累得人仰马翻，气喘吁吁。服务员笑着点拨："追下不追上。兔子上岭快如飞追不着，下坡翻跟斗才能逮住。"此招真灵。小帅哥抱着兔子乐得在草地上连打几个滚："原始狩猎的感觉真刺激！"狩猎场东侧，一群土鸡在林间自由觅食，上百只黑山羊在草地闲庭信步。

一群小羊羔在羊妈妈的带领下，正咩咩直叫地吃着鲜嫩的青草。一个小孩子看着咩咩的小山羊，笑得光辉灿烂。一位来自北京的母亲高兴地说："带孩子体验别有情趣的田园生活，感悟'谁知盘中餐，粒粒皆辛苦'的道理，从小养成节约资源、保护环境的好习惯。"走出狩猎场，我们来到漂流水上乐园。但见高山瀑布"飞流直下三千尺，疑是银河落九天"。顺着曲折的峡谷，飞瀑汹涌澎湃，百折千回，既有"水光潋滟晴方好，山色空蒙雨亦奇"的妩媚，又有"万顷合天容，洗然无云族"的壮阔，还有"澹澹青山小小舟，一湖水气湿妆楼"的俊俏。一个帅哥随手披上救生衣，疾步跨上漂流船，绕险滩，战旋涡，避暗礁，一路直扑而下。人们的心瞬间提到了嗓子眼。不料帅哥一篙撑出，小船避崖而去，安然无恙。

■ 榴花洞康养中心效果图

漂流归来，正午时分，我们在山庄大厅就餐。服务员介绍，大厅可同时容纳150人用餐，还有众多包房。餐菜都是当地农民提供的无公害新鲜蔬菜，厨师还根据游客的身体状况和喜爱，推出不同需求的食谱。同桌的香港游客刘先生说："饭菜可口，价格便宜，很有特色。"

住得舒服，是山庄的又一亮点。柔软舒适的席梦思、干净洁白的床单和那宁静的夜晚融合在一起，使人很快就能进入梦乡。早晨6时多，阵阵清风伴随着鸟语花香，把我们从梦中轻轻叫醒。倚窗远眺，缕缕薄雾围绕众山，片片彩云飘过窗前。遍布山庄的小桥流水、亭台楼榭，虽由人作，宛自天赐。利用丘陵起伏、阡陌纵横、水曲环绕、风光秀丽的自然景色，建筑因山就势、布局灵活多变、高低错落、色彩淡雅明快、鲜花绿树环绕的田园山庄，形成了人与自然和谐相依、青山碧水浑然一体的独特风景。传统水车、豆腐坊、酿酒间，农事体验、自采自炒及"天然空调""大氧吧"，令中外游客如痴如醉。一个传统与现代相依、古朴与华丽相伴的田园山庄，"令居之者忘老，寓之者忘归，游之者忘倦"。

第三十八章　打造榴花洞漂流景区

一位游客在榴花洞漂流后，兴致勃勃地畅谈了自己的感受，诗曰："清清丰田河，一河欢笑、一河歌，兴致勃勃赏美景，喝美酒，品美食，抒胸怀。仁者乐山，智者乐水，寄情山水，快乐无忧!"

榴花洞漂流位于浏阳达浒镇丰田村，其漂流河道可谓湖南最长，漂程可达两个多小时，快的也需要一个多小时，全程落差128米，弯道39个。落差大，有惊无险，老少皆宜，水量充足，可随到随漂；水源来源于连云山原始次森林，河岸两边无居民，水质清澈无污染；集竞技、娱乐于一身，是戏水的绝妙之处，是挑战自我、增强集体凝聚力、培育团队合作精神的最好场所。

漂流投入使用后，国内外各地的游客相聚在这里。蓝眼睛高鼻梁的老外，他们在漂流时，一路欢歌，满河笑语，给寂静的山村增添了一道亮丽的景致。那位曾经舍不得一块土的汤大爷，盯着门前过路的游客，一下子不敢相信自己的眼睛：这些只有电视里才能看到的风景，怎么就在眼前晃悠呢? 这，还是丰田吗?

看吧，一位身体稍胖的年轻人，和他的妻儿在漂流的时候玩得多

■ 漂流投入使用后，来自国内外各地的游客相聚在这里

么尽兴！他虽然是丰田人，却在 8 岁的时候就随着父亲进城了，之后一直在外工作，很少回丰田。他也许不知道，他的父亲在那物质严重匮乏的时代，为了多挣几个工分填饱肚子而进山放排。那时候丰田河道没有人修整，也没有能力修整，河道弯，水流急，惊涛拍岸，险象环生，在这样的河流里放木排，简直是玩命。那时候的丰田人心境不同，他们绝没有现在游客寻求刺激饱览大自然风光的心情。

还是说说这个年轻人的父亲吧，他来到漂流的现场，目击如今的景致，不由得感慨万端。过去的丰田，诚然山清水秀、空气清新，是一个适宜人类居住的天然氧吧，然而，肚子饿，身上冷，面朝黄土背朝天，一身汗水两腿泥，为了生存苦苦挣扎。现在，经济发展了，衣食住行鸟枪换炮了。这位长者感受着漂流给儿孙带来的快乐，不由得浮想联翩——倘若有今天的富裕，而生态环境又能回到过去的状态，那该多么美妙啊！可是，没有人能够回到从前。黎福根之所以竭尽全力打造生态村，强调环保，就是希望在有生之年，用自己的能力，加上社会各界的理解支持，让富裕了的人们，自然也包括丰田的父老乡亲，能够尽力留住美好的时光。

2013 年 6 月 26 日，黎福根召集村民大会，描绘了一幅富裕村庄山明水秀的蓝图，丰田人也深信不疑，一定能够实现。

大桥湾有一座修建国有林场遗留下来的水泥大坝，黎福根把它关起来，蓄满水，开闸，让水缓缓地流，下游河道加以整理，便成了榴花洞漂流的起点。放排的活儿，终于成了历史。至今，我们在饭桌旁边讲述当年放排的景象和惊险故事，后生一个个瞪大眼睛："有这回事吗？"

在他们眼里，这像一个童话故事，时间才过去 40 多年。榴花洞漂流的终点黄潭坝，有一处面积约 5 亩的荒地，原来是农田，栽种水稻，可是，没过多久，一次洪灾，就被砂砾覆盖了。又是与天奋斗。然而，丰田人对沿河两岸种植粮食作物已经没有了兴趣。人们看到的是一片芦苇……

来这儿漂流的游客到达目的地后需要休息，需要消费。黎福根在这荒山野岭发现了商机，斥资建设了一个娱乐场所，可以跳舞，还有音乐伴奏，卡拉 OK，休息，吃喝，听音乐，都可以。

僻静的山冲、河畔、林海，以前冷冷清清，人迹罕至，而今一到傍晚，老远便能看到霓虹灯闪烁，流行歌曲从小河边、群山环抱的地方飘出，烧烤的阵阵炊烟钻入深山密林。家住 10 余里开外的青年人，晚上也会自驾来这里玩乐。

一条油砂路直通黄潭坝，一个 60 多岁的老太太，蹲守在这里卖大碗茶——茶是上好的黑茶，水是清甜的山水。半年时间，挣了 7000 多元。其他一些商户，一个个也都挣得盆满钵满。

据一位老人介绍说：这里曾经有几丘大田，是他们全新队的饭碗，每丘都有三亩以上的面积。旁边一条水渠，长年从黄潭坝引水灌溉，紧靠大路，每年干活都争抢。几十年过去了，他至今叫得出每一丘田的名来：大王丘，上湾丘，瓠瓜丘，杨三大丘……记得这些田块的产量。哪一丘没有他洒落的汗水？没有他少年时代渴望温饱的旧梦？既有多收了三五斗的欢欣，也有洪水毁损的苦痛。万千往事，历历在目。如今，这里的情景令他赞叹。上好的水田，竟然一根水稻也没有栽。大片水旱无忧的良田，居然全栽种了苗木：挺拔的玉兰花，红色的檵木，墨绿的罗汉松，像无数硕大的蘑菇立在地里……

他指点这片经济林，侃侃而谈，一亩苗木的价格至少万余元，高的达数十万元。他指点给我看，下横丘，面积 2 亩 3 分。种水稻高产也才两千斤。除去种子、化肥、人工等成本，能够持平就不错了，有的还是负数，白忙活了一年。而今一亩红桂花，产值达 18 万元，剔除成本，还有 12 万元；一棵六米高的白桂花树，纯利润 2 万元。

　　举目四顾，丰田村上福塅的几百亩水田、旱土，全部栽上了花草苗木等经济林。每一次卖出苗木的收入，比粮食的价值高出十几倍、几十倍。上福塅三个村民小组共 54 户，哪一家没有建新楼房？没有添置豪华轿车？只要一个电话，集镇生活超市选购的粮油便会送货上门。

■ 大围山的无限风光

第三十九章　治理丰田河风光带

丰田村不仅是黎福根的胞衣地，同时也是丰日公司的发源地。

这里山清水秀，风景宜人，这里的人民淳朴善良，村庄虽没有什么高楼大厦值得炫耀，但整洁的村道，别致而漂亮的别墅式农庄建筑，以及美丽、勤劳、善良、文明的丰田人，都能使你感受到丰田的可爱！

在这个可爱的村庄里，有一条美丽的丰田河。昔日，那碧波荡漾的河水唱着歌从村子中央流过，给恬静的村庄增添了几分姿色。

一学生在他的文章中写道：我小时候每天上学都要经过丰田河，我喜欢倚在桥栏边，凝视河水从远方缓缓地流入村庄中心，洗去尘埃，留下洁净，又默默地向前流去；我喜欢听那哗哗的流水声，它像一支奇妙的歌曲总能给我一种兴奋、向上的动力；夏天，我还喜欢到河水中嬉闹玩耍，在潺潺的流水中一天天长大……

夜色降临了，明媚的月儿悄悄地从云层里拱出，倾泻着皎洁的光辉。月光泻在蜿蜒流转的丰田河上，潺潺的河水闪烁着灰白色的银光，那轻轻跳跃的浪花像盛开的一朵朵雪白的山茶花。村姑们借着月光在河边洗衣忙，河水在月光下漾起阵阵涟漪，由小到大，曲曲歌声随着河水漂向远方；活泼可爱的孩子们借着月光在河里追逐嬉戏，月光在水面上荡起圈圈光环。是啊，如果没有奔腾不息的河水来充实它、丰富它，村庄将又是怎样的寂寥呢？

一位老人这么说：什么都可以忘记，但不能忘记丰田河。

放眼望去，丰田两岸的河堤、田野、村庄、山峦以及那壮观、古朴、雄浑而又旷远的背景。沿着那条河走，会使你领略到它的壮观秀丽；会使你领悟到它那雄奇的性格，领悟到它那征服一切的力量！随着河水漂去，也许多年以后，不少东西会从脑海中消失。但丰田河却仍在鼓舞着我、充实着我……

丰田河！丰田人民之所以不能忘记丰田河，之所以喜爱丰田河，是因为千百年来，它滋养了沿河两岸勤劳、善良、勇敢的优秀儿女，孕育了大围山的灿烂文明。古老的丰田河水质洁净而成为丰田人民赖以生息繁荣的"母亲河"！时间飞快地逝去，诸多往事如过眼烟云一般淡泊了，然而对于丰田河的记忆，却是这般清晰，这般亲切，这般难忘！

丰田河在流泪。1976 年退伍回乡的黎福根刚到家乡，就得知家乡刚刚经历了一场无情洪水的洗礼。无情的洪水，无疑让这个贫穷落后的特困村雪上加霜，四处都是断壁残垣，一片荒凉，八十岁的大爷眼神空洞地呆坐在倒塌的石板上，眼里满是绝望。几岁的孩童衣衫褴褛地站在旁边，手上紧紧抓着半个发黑的红薯。对眼前这一幕，黎福根很震撼，又为自己的束手无策和无可奈何感到万分沮丧。

黎福根走到自己种下的枣树前，曾经埋下的纸条上的字迹已经模糊不清，但纸条上写的字他永远铭记于心：我一定要出息，一定要让你们过上好日子。他蹲下来轻轻抓起一抔泥土发誓：我一定要出息，一定要改变命运，我还要改变丰田村这种世世代代"看天"吃饭的生活……

丰田河水系属浏阳河水系支流，是丰田村的主要水系，水质急剧恶化。同时由于水土流失以及沿河两岸居民的生活垃圾、生活废水乱排现象，特别是每年的干旱季节，毒鱼者大有人在，导致丰田河水质污染加重，经监测分析，水中的污染物严重超标，水质环境恶化，严重影响下游沿河两岸。

人啊，人！一些人往往只知道占有、索取，只知道躺在母亲的怀里，享受着母亲的温暖和抚爱，吸吮着母亲那甘甜的乳汁，没想到母亲多少年来是在竭尽全力地耗费着她的精力和心血，一些人不仅没有关心母亲的疾苦，反而不顾一切地为了自己的利益，违背母亲的心愿做了使母亲流泪、滴血的触目惊心的事。

1996年6月13日，浏阳发生了百年罕见的特大洪灾。丰田河也终于忍受不住了，它开始咆哮，发出了歇斯底里的吼叫，小水变成了浊浪，静静流淌变成了怒不可遏的挣扎，孕育变成了肆虐，"母亲"变成了"暴君"。"6.13"特大洪灾袭击了县城和丰田村，瞬间便切断了所有饮水、用电、交通和通信线路；致使整个县城的大小企业停工、学校停课、商店停业、农业停产，沿河两岸的财产直接经济损失达数千万元。人们望着那浊浪滔天一片汪洋似的滚滚西去的河水兴叹，无可奈何。

"美不美，家乡水。"丰田河，这条清澈而蜿蜒的母亲河，千折百回地从大围山流出，奔腾不息地汇入浏阳河。千百年来，它滋养了沿河两岸勤劳、善良、勇敢的优秀丰田儿女，孕育了大围山的灿烂文明。而此刻展现在人们眼前的"母亲河"，是一幅幅令人黯然神伤的画面：河水混浊，泥沙堆积，不仅影响了人们的生活质量，损害了丰田文明的形象，而且严重威胁着沿河人民生命和财产的安全，制约着新农村改革开放的深入和经济的发展。

人们在呻吟，在哀怨，在呼唤。治理丰田河！治理丰田河！

黎福根面对洪灾过后那一幅幅惨不忍睹的景况，神情严峻，久久说不出话来。回想自己兴办企业的初衷，谢绝部队首长的挽留，义无反顾地回来，不就是缘于一心要改变家乡贫穷落后面貌的情结吗？过去的年代，大幅标语"改造山河，人定胜天"的口号气壮山河，鼓舞人心。为改变家乡贫穷落后的面貌，丰日电气集团股份有限公司，抑或是黎福根，年年都要投入大笔资金。即便在自己资金周转十分困难的情况下，每逢丰田建设需要钱，他就是从牙缝里也要省出来。随着丰日公司的发展壮大，黎福根对丰田建设的投入也逐年增加。

在丰田河的治理上，以前由于受经济条件所限，每次洪灾过后，只能发动人力，挑沙还田，修修补补。可是，靠这种原始落后的笨办法，只能头痛医头，脚痛医脚，治标不治本。尤其原来的河岸是用光溜溜的石头砌成的，中间填满沙石。这样的堤岸有个致命的缺陷——倘若洪水漫过堤面，顷刻之间便会土崩瓦解，沙石被冲得七零八落，覆盖农田，造成严重的灾害。按照黎福根的想法，修河堤也要按筑公路的方法，在原有的基础上拓宽到两车道，把堤面压紧，铺上水泥。这样一来，平时，河堤就是一条水泥公路，即使春夏之交山洪暴涨漫上河堤，也无妨碍。

黎福根的方案得到了大多丰田人的赞同，可一阵热烈的议论过后大家又归于沉默，不约而同地看着黎福根。对黎福根来说，这是意料之中的事。他的声音不是很洪亮，但让丰田人感到无比兴奋："大家放心，钱我来筹集!"立刻,人群中爆发出一阵热烈的掌声!

这次,为了治理好丰田河,为了人民不再受洪水的肆虐,为了实现这壮丽宏伟的梦想,为了历史的重托,为了母亲河的微笑,黎福根看着"母亲河"现在这副模样,发誓任何艰难险阻都要克服。黎福根急人民之所急,决定挤出 1000 万元来治理灾后的丰田河。黎福根的决心一下,多少年来无法解决的问题,这次终于解决了。

治理丰田河,人民受益,利在当代,功在千秋,大家都会满意的。这次清淤 10 万多立方米,还农田 78 亩,新建河堤 10 多里。

综合治理丰田河是一项复杂而艰难的系统工程,根据规划,全面治理丰田河需数亿元资金、数十万个劳动日,也就是"再造丰田之伟业"。

一丰田人记忆犹新地说:"丰田河之于我而言,是辛苦,是劳累。那时我们社员兴修水利,将洪水过后河堤下的砂石一担担地挑走,把被水灾吞没的良田露出来。因为丰田河上游山区属湖南湘东暴雨区,好不容易基本还原了,没过多久,又是一场暴雨,洪水再次使沙砾覆盖了良田。无休止地抗灾,折腾,周而复始……多少年来,有多少有识之士,想试图恢复丰田河的青春,消除洪灾,可仅仅是一种没有行动的设想而已,而如今在黎福根的带领下却变成了现实。"

如今,来浏阳旅游观光又多了一个好地方——丰田。人们只要进入丰田,立刻会被眼前一幕幕如诗如画的景致所吸引,从省城往江西的国道,路过达浒,再往前 50 米左拐,行驶在一条两车道的油砂公路上,便进入了长丰村(与长一村合并后村名)。扑面而来,两岸一片深绿,进入视野是清澈河水在无忧无虑地淙淙流淌,绕过一座又一座美丽的农

治理后的丰田河新貌

舍和整齐的田园，最后注入浏阳大溪河达浒小镇。

沿河堤而上，河堤两岸，用水泥浇灌而成，路面铺着黑色的油砂。不远处，一座座漂亮的三层楼房掩映在树荫里，时隐时现于遮遮掩掩的玉兰、红檵木之中，纵目远眺，仿佛进入了一个童话世界。绿色醉人，绿荫掩映的河堤上，一块平展的水泥地，摆放着一张长桌、几把靠椅，或者几样锻炼身体的器材，供人们休闲使用。你要练拳吗？可以。你想跳舞吗？可以。你想闭目养神吗？也可以。

在绿荫遮挡下，周围一片寂静，没有城市的喧嚣和嘈杂，没有车辆鸣笛的纷扰，仿佛一切都静止了，偶尔传来一两声黄牛哞哞的叫声。不记得哪位画家在自己的画作上写过这样的话：人到静处便是仙……走不多远，河堤上又是一处休闲场所，只是设计有一点变化，也是大同小异而已。现在每逢节假日，大家都喜欢到乡下度假，踏青，游玩。这大概就是来丰田的人越来越多的缘故吧。

第四十章 打造丰田河饮水工程

展望宏图：水，水，水……

"我们不生产水，我们只是大自然的搬运工！"当这条短视频广告在电视屏幕上一晃而过时，一般人对广告语都是漠不关心的，甚至看都不看一眼。而有着丰富联想能力的黎福根却受到了强烈的震撼，给予了高度重视，他联想到：丰田河水的源头，是从平江、浏阳界岭杉皮坳下的石缝里冒出来的没有受半点污染且极其纯净的泉水。他曾经将源头的水装瓶，前往专门机构进行化验，发现其中富含多种对人体有益的微量元素，很适合做饮用水，人们可以放心饮用。

每每走在路上，他发现有人拿着瓶装饮用水，都会盯着看一眼品牌。而今，让这些水白白流失，实在是资源的极大浪费！他感到心里很不是滋味。

因此，每当回到丰田，他总要独自伫立在丰田河边，目睹着汩汩流淌的河水联想着：如何打造好丰田河饮水工程？这种天然的泉水，不会比其他地方的矿泉水质量差；而且它不须加工，不须制作，只须修筑好渠道，就可以自己乖乖地流入千家万户。同样也可以将大自然馈赠的清泉装进瓶里，然后又集装成箱，再由搬运工将成箱成件的水送给更多人，何乐不为之呢？

黎福根有一个想法："丰田人何时也能当上大自然的搬运工呢？"

丰田河水应该具有开发价值。近几年来，黎福根多次向有关权威机构、水利部门领导呼吁，在丰田修一座水库，既能防洪保安，减少或避免水灾的发生，又可以利用其取饮用水。黎福根不懈的努力与坚持，为此花费了多少工夫啊。然后默默地沉思，他无数次憧憬丰田水厂建成投产。为使梦想成真，黎福根不辞辛苦，跋山涉水，实地勘测，详细记录了有关数据，并征得浏阳市水利局同意，以其名义代拟了一份相关内容的文件报告上呈至浏阳市政府。

他多年的呼吁，终于引起了重视，于是就有了市水利局给中央的报告。情况很好，必将引起重视，他还计划在获得批准后，与国家重点水利工程椒花水库并网，流量更大，将来可以供应省城数百万人口的饮用！

榴花洞漂流的兴建，只是引用丰田河水的一个项目，一旦水厂投产，丰田河的水更是宝贝了。当然，这还只是一个构想，但愿它早日实现。这也是黎福根的一个夙愿吧！在水厂没有兴建之前，能够以漂流的形式，产生经济效益，也是挺好的。我们深信，丰田人当大自然搬运工的愿望很快就会实现！

丰田河是丰田人民的母亲河，她养育了世世代代的丰田人，平静的时候，河水清澈得像一面镜子。

时间一晃就过了40多年，丰田河的水看起来还是那么清，那么亮，

■ 丰田河是丰田人民的母亲河

但对这条河感情深厚的黎福根，却以一位企业家的睿智察觉到这水出了问题，那就是污染。经济效益与环境污染，在某种意义上可以说是一把双刃剑。丰田河里的水，长期以来供人畜饮用、灌溉，那时候虽然没有什么检测，但因为那时没有什么企业，河水相对纯净。兴办企业，会不可避免地对环境造成污染，只是有程度轻重之分。黎福根办企业，环保是其考虑的重要内容。但是，一个地方，企业不止他一家，包括那些作坊式的"厂"、个体户，你能保证他们不对环境造成污染吗？

丰田河的某些河段水质受到了轻度污染，引起了黎福根的高度重视。为了确保丰田村民饮用水的安全，2005年，黎福根即使在企业资金运转十分困难的情况下，还是以自己的投入为主，多方筹集资金，上马饮水工程。

丰田是山区，俗话说"高山有好水"，黎福根的饮水工程设计蓝图是：在墨斗峡半山腰麒麟坑修一座小水库，开山凿石，修一条水渠，将墨斗峡及与之相邻的麒麟坑之水引进水塔，而后在榴花洞山庄门口的山坡上建一座水塔，用胶质水管将水库与水塔连接在一起，再将水塔里的山泉水用水管引下山，送进千家万户。

这个引水工程虽然谈不上浩大，但实施起来难度也不小。且不说资金的筹集要费一番工夫，首先，勘测路线就得翻山越岭，施工的时候就更不用说了，笨重的钢材、50公斤一袋的水泥，都得靠人力和马驮上山，那是多么艰难啊，与蚂蚁啃骨头有什么区别?! 为了丰田父老乡亲的健康，为了节约资金，设计的时候，黎福根没有聘请专业的工程技术人员，事必躬亲，每天爬山勘测。榜样的力量是无穷的，在黎福根的感召下，自告奋勇不计报酬参与丰田饮水工程建设的人越来越多。工程进度很快，比黎福根预计的时间提前了许多。现在，榴花洞山庄门口的这座水塔成了丰田的标志性建筑，只要进入丰田，老远就能看见它高高地矗立在墨斗峡的山坡上。至于黎福根呢，他虽然为此累得瘦了很多，但只要听到有人夸丰田的自来水干净又卫生，味道真甜哪，他就一下甜到了心窝里……

恐怕世界上所有河流都是这样，奔流不息，永远不知疲倦地为人类服务：供人畜饮用，灌溉农作物，发电……可一旦洪水暴涨，给人类带来的灾难也十分骇人。丰田河严格地说起来甚至还不能叫"河"，但每年春夏之交，山洪暴发，它给两岸人们带来的灾难也是十分可怕的。丰田河上有十几座用枕木砂石砌的水坝，用于引水灌溉，如果被毁，禾苗就会因干旱枯死、减产甚至颗粒无收，这在不能解决温饱问题的年月里是多么可怕的灾难啊！而要想让水坝坚固不惧洪水，办法当然有，那就是筑坝材料代之以水泥。可哪来这么多钱啊？

　　在丰田河上筑水泥坝的梦，丰田人做了多少年，直到黎福根过问，才得以实现。他是丰田人，深知水坝对丰田的重要性。于是，他在组织筑水泥坝应有的器材到位后，进行了仔细检查，之后，无论多忙，他都要抽时间到工地察看，严格保证按图施工，杜绝豆腐渣工程的出现。就拿 2008 年春修筑黄潭坝水坝工程来说吧。这座坝被洪水冲毁后，坝基被一层厚厚的砂石填埋得很深。黎福根反复叮嘱工程技术人员，清基一定要彻底，来不得半点马虎。即便如此，他还是会突击检查，以防偷工减料的情况发生。有一天傍晚，单位数次来电话催黎福根回去处理重要事情，他却对司机说："走，我还要去黄潭坝看看！"

　　这座水坝完工后，在验收时，他亲自参加。验收全部合格，他这才如释重负地长嘘了一口气。

　　时令已是初冬，丰田村却是一片醉人的绿，看万绿丛中，一树又一树成熟了的柿子挂满枝头，格外惹眼，依山而立的是一栋栋小洋楼，小河滩头随风起舞的芦花掩映下的是大片的经济林，偶尔有机动车辆穿行而过……此时此刻，你来到丰田，就仿佛走进了世外桃源。

大围山下

下卷

坚定初心
牢记使命

「我是一名有着五十多年党龄的中国共产党党员，对中国共产党有着特殊的感情，亲历和见证了中国改革开放的整个历程，我目睹了中国从贫穷走向富裕、从落后走向强大的过程，深刻认识到没有中国共产党和政府的正确领导，就没有中华民族的崛起和伟大复兴。」

——黎福根

第四十一章 建立健全党的 支部委员会组织

黎福根常说："一个企业家在政治上没有追求，不懂得饮水思源报效国家，不懂承担社会责任，即使企业做得再大，钱赚得再多，在精神上依然是空虚的。我们要有精神支柱，这个支柱就是爱国、爱民和奉献爱心。"

丰日公司的党支部成立于 1992 年，由黎福根董事长担任支部书记，连选连任，至今已有 30 多个年头了。该支部组织健全，按时开展活动，党小组每月开一次会，联系实际，学习讨论；支部一季度开一次会。在党员会议上，大家都是平等的同志关系。每次开会，大家都认认真真学习党中央的方针政策，重温毛泽东《反对自由主义》《为人民服务》等经典著作，观看华西村、南街村的录像，聘请专家讲座，还组织歌咏比赛、演讲比赛、技能比武等，利用这一系列活动提高员工的综合素质和激发大家的爱国情操。

2001 年，丰日公司积极参加由长沙市组织的"建党八十周年演讲比赛"，员工苏福英《致富不忘党恩》的演讲，声情并茂，受到一致好评，荣获二等奖。丰日公司党支部自 1992 年成立以来，在上级党组织和党

■ 浏阳市委、市政府主办的"丰日之夜"爱我中华、反对邪教颁奖晚会，黎福根董事长上台颁奖

支部的带领下，在抓好企业经营发展的同时，突出党建引领，以习近平新时代中国特色社会主义思想为指导，认真贯彻落实党的路线方针政策，充分发挥党支部的战斗堡垒核心作用和共产党员的先锋模范作用。

40多年来企业不断发展壮大到近千人，党支部从3名党员发展到30多名。共产党员个个始终以坚韧不拔、锲而不舍的精神拼搏进取，积极投身振兴新农村建设，始终以企业发展的战略和管理变革为核心，在追求经济效益的同时，将党的创新理念摆在重要位置。以塑造企业的共同价值观为目标，从经营丰田化工厂起家到发展和壮大成为丰日电气集团股份有限公司，这个企业充分展示了坚决听党话跟党走的坚定信念。

企业从 1982 年获得第一桶金至今，坚持立信于民、以德兴业，用爱心和善举履行着社会责任。特别是自企业党支部成立以来，支部书记黎福根在支援贫困农村经济建设、精准扶贫、资助困难学生、安置失业人员等工作中，冲锋在前，无私奉献，坚持用实际行动反哺社会，为党和政府分忧。

丰日公司采用"围绕党建抓发展，发展经济促党建"的新模式，创建了一条"支部引路、公司经营、村民参与、收益共享"的农旅结合的特色发展新路子。

振兴丰田先修路。之前，黎福根出资 3000 万元为大围山下的丰田村架起了数座桥梁，修建了十多公里的水泥公路，还修筑水坝渠道 8条、水泥山塘 10 口，改造乱石岗还田 78 亩，新修堤坝 12 处 1400 多米。这些举措有效地改善了丰田村的交通环境，方便了村民的生产生活，功在当代，利在千秋。

在黎福根的带领和努力下，丰田村从无电、无路、通信手段落后的偏远贫困村发展成了远近闻名的富裕村。

如今，当初那个一穷二白的丰田村早已不见了踪影，当初的贫困村如今被评为"湖南省生态村""湖南省旅游名村""长沙市新农村百村示范村"，已成为集旅游观光、漂流、休闲度假、餐饮住宿于一体的景区。

黎福根有感于山区教育资源的匮乏，自费成立了"黎福根教育基金"，先后帮扶贫困学生数百人；作为一名共产党员、一名有责任心的

■ 丰日公司党建活动

民营企业家，他还为灾区、困难群众捐款近千万元。丰日集团为维护社会稳定做出了巨大贡献，员工超过三分之一是退伍军人和下岗职工，黎福根把省下来的钱都用到了教育和慈善事业中，不忘初心，献身扶贫。作为一名基层党员，黎福根深知教育在扶贫工作中的重要性，他常说："再穷不能穷教育，再苦不能苦孩子。"他不忘自己的初心，积极响应国家的扶贫号召，扶贫首先扶教育，他心系乡亲，勤俭节约，帮助困难学生，为孩子们争取学习机会。他前后为山区的孩子们、为慈善和教育事业投入了近千万元，并且无怨无悔，不图回报。

"一个有希望的民族不能没有英雄，一个有前途的国家不能没有先锋。实现我们的目标，需要英雄和先锋，需要英雄和先锋精神。"

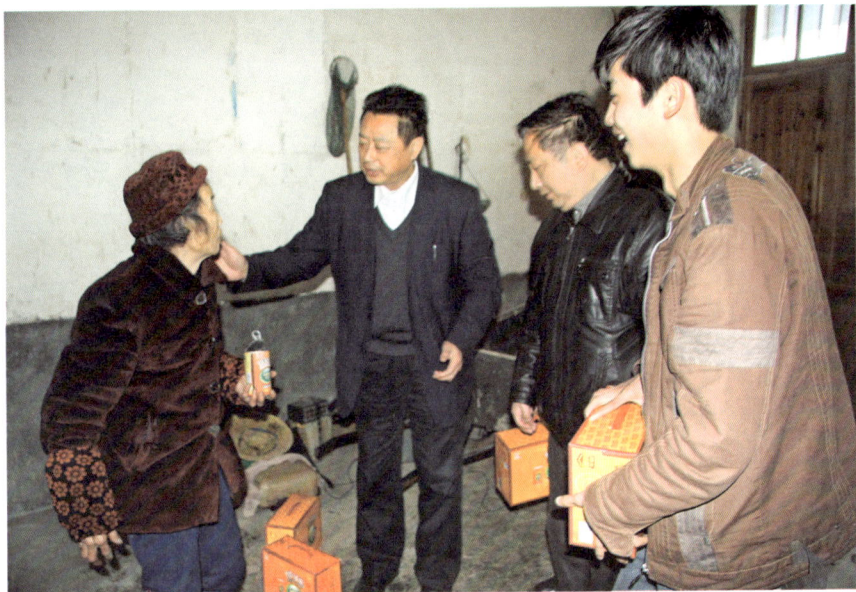

■ 黎福根董事长带领同志们为老人们送温暖

　　黎福根用自己的实际行动践行了共产党人的初心和使命。他这种坚忍执着、励精图治，勤俭节约、无私忘我，不忘初心、献身扶贫的英雄精神值得我们深思和学习。在此也号召广大党员干部真正把坚定的理想信念，化作不忘初心奉献一生的实际行动。

　　更令人瞩目的是，自创办企业以来，黎福根用诚信换取了事业的巨大成功。而成功后的黎福根立志回报社会，多年来扶贫济困，在助残、教育、治安等公益事业上捐钱、捐物达数千万元。黎福根的义举得到了人民群众的赞扬，受到了各级党委政府的肯定。特别是当选湖南省人大代表以来，他仍保持着农民的本色和情感，忘不了生养他的那片土地，也不忘他的乡土情结，更是时时刻刻想着为老百姓鼓与呼。

第四十二章　建立公司工会组织

俗话说"工会是职工的家"，要想真正把企业工会建设成为"职工之家"，必须高度重视企业的凝聚力，积极做好职工群众的贴心工作，关心职工的冷暖、疾苦、健康安全，让职工真真切切地感受到企业的温暖。

这个家，不但充当爹和娘的角色，也充当了兄弟姐妹的角色，关心、呵护、提携新员工，帮助其顺利成长，教育他们遵守规章法纪，培训他们掌握工作技能，保护职工在企业的合法利益，保障职工在企业中的人身安全，做职工坚实的后盾。

这个家，要构建完整的体系，明确职责，加强监督和管理，并且要让工会的理念和精神在其中流淌，接触和带动每一个职工，让职工切实感受到工会的温暖。因此，1994 年 8 月，丰田公司成为浏阳市第一家成立工会的民营企业。黎福根强调了做好工会工作的重要性，自从成立之日起，丰田公司的工会为了职工的利益，扎扎实实地开展了一系列活动。尽管经费紧张，为了扩大再生产，公司几乎把所有值钱的家当都抵押给了银行，但还是挤出部分资金建立了歌舞厅、娱乐室，工余休息时间、节假日一律开放。闲暇时，这些农民工在优美的乐曲声中翩翩起舞，有的人虽然五音不全，照样手持麦克风尽情地唱出自己的心声。

黎福根说："我们公司必须建立工会组织，因为工会组织是党联系职工群众的桥梁和纽带，是职工代表，是党的群众工作的重要组成部分，是推进企业改革、加快经济发展、保持队伍稳定的依靠力量。工会将为建设和谐企业发挥作用，在党政和职工之间架起更加畅通的桥梁，系起更

■ 公司员工培训

■ 企业内训

■ 专家讲座

■ 消防知识培训

■ 总经理黎超程在趣味运动会上致辞

加紧密的纽带，在建设和谐企业的进程中施展更大的作用。"

丰田公司工会的活动令世世代代面朝黄土背朝天的庄稼汉感到特别新鲜，男女老少都被吸引来看热闹，年轻人则积极参与。这样一来，农民们闲暇的时间被充实的活动填满，年轻人过剩的精力也有了释放的场所，于是，农村最令人恼火的聚赌事件及由此引起的矛盾冲突也渐渐少了。有关部门曾经花很大的力气抓赌，却屡禁不止，丰田公司的工会活动证明了一个亘古不变的道理：堵不如疏。

丰田公司的工会不仅为员工及附近村民开展健康的娱乐活动提供场所，倘若遇上天灾人祸，还会积极组织扶危济困，成了联结公司领导与员工及村民的连心桥！

1996 年 6 月 13 日，浏阳发生了百年罕见的特大洪灾，丰田公司

■ 丰日健儿们正在进行接力赛

有25名员工家中受灾，房屋倒塌，家具毁损。灾情发生后，黎福根毫不犹豫地将刚刚贷来的一笔用于购买原材料的钱款拿出一部分，亲自带领工会成员逐户上门慰问受灾员工。灾情严重的罗荣视、黎安兴、汤玉良等五户每户资助2500元，灾情稍轻的每户资助600元。钱虽不多，但那片深情厚谊，感动得大家热泪盈眶。

至于职工家里的红白喜事，工会也都会出面为之操办。关怀和温暖，就像无声的和风细雨，滋润着职工的心田。因而，所有员工都愿意为丰日努力奋斗，处处为企业着想。大家相信只有公司发展了，自己的收入才会随着增加，只有尽职尽责，才不会愧对公司的厚爱。一荣俱荣，一损俱损，公司领导与员工心往一处想，劲往一处使，因此而形成的凝聚力保证了丰日公司的快速发展。

　　1995 年 3 月，植树节过后不久，黎福根与工会组织全体员工在浏东公路枸形段种植了长达两公里的白杨树，还安排专人在树苗幼小时予以看护，直到长大成林。白杨树是速生林，种植不过五六年时间，就已经长成了高高耸立的大树。每当路人、车辆一进入枸形段，迎面而来的那一棵棵枝叶婆娑、绿荫如盖的白杨树那醉人的绿，格外让人心旷神怡，而这充满勃勃生机的白杨树不正是丰日公司日益强大的生命力的象征吗？

　　丰日公司的篮球队虽属业余性质，但在浏阳市一些机关部门组织的比赛中，所向披靡，战无不胜，成了常胜之师。此后该队又扩大征战范围，转战省城长沙，迄今为止，竟然也只输过一场比赛。

　　黎福根说："我们参加上级部门组织的联谊活动，输赢是次要的，关键是，这种活动不仅增强了工会的凝聚力和员工们的身体素质，而且进一步增进了与其他企业之间的友谊，这才是重要的。"

第四十三章　再穷不能穷教育
再亏不能亏孩子

　　祖国强起来依靠的是创新型人才，人才的培养靠教育。百年大计，教育为本，国运兴衰系于教育。教育必须腾飞，祖国才有依靠，民族复兴才有希望。

　　前不久，浏阳市人民武装部、中共浏阳市委宣传部、浏阳市退役军人事务局联合开展"寻找最美退役军人"活动，围绕防疫抗疫、脱贫攻坚、改革创新、公益慈善等八个方面找寻标兵。经过严格评选，咱们新经济组织和新社会组织中有五位党员获评"十佳最美退役军人"，两位党员获评"最美退役军人提名奖"。一个普通农家子弟，初中文化，也没有"背景"，凭着脑瓜子灵活和牢记使命、不忘初心、砥砺前行、永不自满的劲头，实现了创业致富的梦想。但赚钱后，他没有去享受，而是用自己创造的财富回报家乡和造福乡邻。这个从浏阳大山里走出来的农民企业家，就是丰日电气集团股份有限公司黎福根董事长。他说："我创业是穷则思变，回报社会、帮助他人是一个企业家的本分。"

　　情系教育，大爱无疆。黎福根在国家改革开放的大好政策中，紧跟形势，创办企业，发展经济，从开始的花炮材料化工厂发展到蓄电池厂，他审时度势，牢牢抓住了改革开放新时期的大好机遇，成了新时期的弄潮儿，成为浏阳市著名的民营企业家。创业成功给黎福根带来了巨大财富，但他不忘初心，回报社会，造福家乡。

致富不忘助学、助老，情系贫困学生，心系孤寡老人，时刻关心家乡发展。这些年来，黎福根不图享受，不争虚荣，心中装着弱势群体。他成立了"黎福根教育基金"，先后帮扶贫困学生数百人，为灾区、困难群众捐款上千万元。他在公司内安置退役军人一百多人、下岗职工上百人。迄今为止，他个人及企业向社会捐赠的各类款项累计达 2600 多万元。

他常说："在人的一生里，只要我们坚持做有意义的事情，就一定能让这一生精彩万分。"黎福根关注和支持教育事业，为山村贫困的孩子创造受教育的机会，让他们能够走出山村为社会做贡献。他改变了很多大山里乡村孩子的命运，让越来越多辍学的孩子重返校园，给了他们走出大山的机会和希望，用自己的行动践行了军人不忘初心的使命。这也正是他最值得敬佩的地方。

黎福根时刻关心家乡的发展，在生活中艰苦朴素，勤俭节约，舍不得吃，舍不得穿，但却将自己的毕生积蓄用在学生们的学习教育上，支援家乡农村经济建设，不求回报，只讲奉献，他用自己的行动，诠释了军人、党员的伟大和崇高。当前中国吹响了全面脱贫攻坚的号角，对于贫困乡村，要培养更多优秀人才，助力家乡发展。只有让下一代人的教育跟上去了，让更多年轻人学到本事，并主动回报家乡建设，

■ 2006 年 8 月 1 日，黎福根董事长参加"全国建设新农村十大杰出复转军人"座谈暨表彰大会

才能实现全面脱贫。这也是对中国梦的一种诠释。

黎福根常说："我深知知识能够改变命运，知识确实是第一生产力，知识是事业成功之母，我为社会做的这些是微不足道的，没有党和国家的好政策，没有人民的大力支持，我也不可能成才和成功，我没有上过大学，但我做梦都想上大学。可岁月不饶人哪，我只能用实际行动来做点力所能及的事，把我的大学梦寄托在更多孩子身上，支持他们来圆我的大学梦！"

同时，他还为村里架设了宽带网络、高压线路，在村主干道架设了路灯。黎福根还带领村民利用当地良好的生态优势，疏通河道，开辟了漂流线路，带动当地经济的发展；组织带领村民进行农业综合开发，发挥山区资源优势，种植经济林木 1300 多亩。

如今的丰田村，村民生活富裕，村风村貌良好，获得了政府和社会各界的一致肯定，被评为"湖南省生态村""湖南省旅游名村""长沙市新农村百村示范村"，并成为"司法部、法学会普法调研基地"。

还有一次，听说宝盖洞村有个贫困老太太与两个孙子相依为命，为了供孙子读书，三口之家节衣缩食，整整半年没吃过油和肉，黎福根和妻子便驱车来到宝盖洞村，为老太太送上了食油、肉和现金，临走时还留下一张名片，再三交代有困难再与他联系。

■ 黎福根旧居卧室

　　在乡亲们的记忆中，有这样一组数据：辜佑生三个子女读书 10 000 元，达浒乡黎小兵上大学 3000 元……初步估算，20 年来，黎福根先后捐资 350 多万元，帮助 400 多名贫困学子完成了学业，帮助许多特困户、五保户解了燃眉之急。

　　黎福根的先进事迹获得了党和政府的肯定，先后被国家民政部授予"全国扶贫扶优先进工作者"、全国"双拥"先进个人，全国工商联合会"全国两个文明建设先进个人"，全国转业军人宣传领导小组"优秀退伍军人"，湖南省委、省政府、省军区"拥军优属先进个人"，湖南省人民政府"湖南省劳动模范"，湖南省经济委员会"技术创新先进人物"，农业部乡镇企业局"中国农村十大致富带头人"等荣誉称号，多次到北京、长沙领奖，受到党和国家领导人的亲切接见。

第四十四章　永葆艰苦朴素的军人本色

"咱当兵的人，有啥不一样，只因为我们都穿着朴实的军装……"这歌声浑厚有力，铿锵嘹亮，颇有气势，深深地震撼了我们每一个人。

从部队到农村，从退伍军人到村干部，从村干部到丰日公司董事长，无论环境、身份如何改变，黎福根爱民、为民的初心始终未改。他怀揣着对家乡发展的满腔热血，拒绝部队首长的挽留，于1976年退伍后，义无反顾地从部队回到魂牵梦绕的家乡。几十年来永葆军人艰苦朴素的本色，带领丰田村村民脱贫致富，用自己的行动诠释了一名共产党员的初心和使命，让"退伍不褪色"的信念和誓言熠熠生辉。

别看黎福根为公益事业舍得花钱，他自己的生活却既简单又朴素。比如吃，在外面，招待客人他很少作陪，除非迫不得已；在家里，那就更随便了，早晨吃一碗家人做的面条，中午、晚上总是没法按时准点就餐，等他回到家，往往只能吃剩饭剩菜了。家里请的保姆刚来时，见老板吃剩饭剩菜，很过意不去，打算再做一两个菜，却被黎福根制止了。他端起碗筷，就着残席也吃得津津有味。陌生的人，很难相信这是一位身家过亿的大老板。

在旁人眼里，黎福根是腰缠万贯的大老板。他确实有钱，面对希望工程、弱势群体、家乡建设，他十分慷慨，大把的钱捐出去，眼睛都不眨一下。可他对自己却非常吝啬，有些事甚至让人难以想象。比如，2007 年 5 月，妻子为他买了两件衬衣，每件也不过百余元，根本算不上高档。可是，黎福根居然嫌贵了，趁妻子不在，赶紧拿去换成了每件 50 元的。细心的妻子后来替他整理衣物时，发觉有点不对头，不由得摇了摇头说："你也太省了吧？"黎福根笑道："不都是新衣服吗？一样穿呀！"

2006 年 6 月，有一位北京的媒体记者来采访黎福根，就住在黎福根家里。一天早晨，这位记者在门口发现一双破皮鞋，鞋底磨穿了一个洞，顺手就给扔了。待黎福根要出门时，到处都找不到自己的鞋。连问了几个人，都说没看见。这位来自京城的记者半天都没反应过来，自己扔掉的烂皮鞋居然是黎福根的。

当时这位记者是来做慈善方面的专题新闻的。在省城长沙，省市两级慈善总会提供的相关人物材料，足有厚厚的一大本，他一页页翻阅下去，从中挑中了黎福根这个典型。在众多慈善人物中，黎福根的捐款数额并不是最多的，但他的事迹却非常感人。一件又一件看似微不足道的小事，给人以震撼，也给人以启迪。基于这样的原因，这位记者决定前往浏阳这个县级市，会一会黎福根这位深受广大基层群众拥戴的企业家，探个究竟。

其实，打从一只脚跨进黎福根家的大门起，这位记者心里就有了一种异样的感觉：居住条件、室内摆设不但简单，还比较落后，家具、电器都过时了，几乎看不到一件名牌。几张木沙发，使用了许多年，磨得油光锃亮；一台 20 英寸的电视机还是早就被许多时尚家庭淘汰的老款式。他甚至怀疑，这是丰日电气集团股份有限公司董事长的家吗？

当终于意识到自己刚才扔掉的正是黎福根的鞋子时，这位记者忍不住打趣道："黎总，那么烂的鞋你还敢穿出去呀，不怕别人笑话？"

黎福根坦然一笑："底上有个洞不要紧，怕进水只要补一块皮子就是。鞋面还这么好，扔了太可惜了！"

记者一时无语，目瞪口呆地看着黎福根。他为社会慷慨解囊做了那么多好事，对自己却吝啬到这种程度，反差何其强烈！

丰田人至今记忆犹新，20 世纪 90 年代，浏阳暴发了五十年不遇的特大洪灾。当时黎福根远在新疆出差，得悉丰田被水淹了，他立刻放下马上就有可能签约的一大单生意赶回家乡，顾不上长途跋涉的辛苦，调度企业的人力物资，以公司工会的名义，走家串户，慰问灾民。

黎福根是干大事的人，每天都有许多大事需要他处理，但他对"小事"也处处留意，谦虚谨慎。走在丰田的路上，倘若发现老大爷蹒跚步行，他会吩咐司机停车，将大爷请上车，哪怕不顺路，他也要送一程。这样的小事，偶尔为之尚可，难就难在他几十年如一日地坚持。

那位记者来自现代化的大都市，作为年轻人，其消费理念与黎福根存在着一定的代沟。尽管黎福根 40 年多来所创造的业绩有口皆碑，他在创业道路上向世人展示的睿智令人叹为观止，可在个人消费方面，他却还是遵循着传统落后的那一套，"新三年，旧三年，缝缝补补又三年"，简直比农民还农民。也许是苦难的岁月在他头脑里烙下了太深刻的印记。

其实，现在的黎福根已经改变了许多。熟悉他的人都记得，打从部队退伍回乡之后，无论在村、乡政府工作还是办企业，甚至已经成了小有名气的企业家，他都是一身草绿色军装配上一只黑色塑料袋走南闯北。一些新闻媒体称之为"一滴浅绿色的水珠"。后来，作为一家集团公司的董事长，必然要出席各种社交场合，出于礼仪的需要，他才不得不为自己配备了西装革履。

这些年来工厂赚钱了，黎福根成了村民眼中的"百万富翁"。他却仍然过着节衣缩食的生活，穿的依旧是洗得发白的旧军装，口袋里装着两个红薯就去上班。邻居经常看到他的妻子帮他缝补衣服。妻子经常让他去买两身新衣服，因为就那么两身衣服，补完再补，实在不能再补了。黎福根却笑说："还能穿，不用买。"

可是只要听说村里哪个特困户没饭吃，哪家孩子读书交不起学费，哪家老人生病没钱医治，黎福根总是大方地送钱去。受过他太多帮助的村民都不愿意收他的钱，他总是笑着说："没事，收着，我有钱，不用放在心上。"甚至还有人用本子记录着这么多年黎福根对他每一次的帮助；受捐人还经常去当地庙宇求一些"神茶"送到黎福根家，只希望好人一生平安。

如果要问黎福根到底资助了多少贫困学生，没有准确答案，因为有很多次捐助都带有很大的偶然性。比如，有一回他和妻子乘车返家，随手拿起一份报纸，看到了一则消息：一个大学生因缴不起学费要辍学，他立刻吩咐司机掉头，往那名大学生家里赶。俗话说："施恩莫

■ 2007年8月，中央文明办、全国总工会、共青团中央、全国妇联表彰全国道德模范颁奖典礼现场（左三为黎福根）

图报，图报莫施恩。"对黎福根来说，岂止不图报，就连这事他都记不清了，或许他压根儿就没有想过要记住。但是，有时候，他也会感慨道：资助了那么多学生，一年到头，连信都没有一封，不用说别的，也讲讲你的学业呀！黎福根曾经资助过一名大学生，其母为了表达感激之情，手工缝制了一双布鞋，又步行几十里山路来送给黎福根。这可把黎福根高兴坏了，他热情接待，还一再询问还有什么困难需要他帮忙解决。客人走后，黎福根双手久久抚摸着这双老布鞋，似乎它是无价之宝一般。现在还有谁穿这样的鞋啊？但是，黎福根却特别看重这个礼物，须知这是人家的一片心意，布鞋有价情无价。

这就是退伍军人黎福根。

时下有一种悲观的论调，谓之"物欲横流，世风日下，人心不古"。持此论者大抵只看到事物的皮毛，没看到本质。诚然，没有金钱万万不能，但有些弥足珍贵的东西，则是金钱买不到的。"皮之不存，毛将焉附"，作为人来说，最重要的还是精神风貌！丰日公司以顽强的生命力从山村走向全国，乃至全世界，其做法充分证明了这一点！

内强素质，外树形象，对企业而言，至关重要。作为成功的企业家，被推举担任一些社会职务，已经司空见惯了。然而，参加社会活动势必影响企业的工作，这也是不争的事实。于是，有名无实的挂职，比比皆是，但丰日公司的黎福根董事长则不然。

1995 年，黎福根被推举为市政协委员及湖南省第九届、第十届人大代表之后，每有会议，他接到通知，务必准时出席，认真履职，哪怕为此要失去一次次商机，亦在所不惜。当看到自己写的批评建议，诸如加快浏阳河名河治理的提案获得通过实施，他比生意上取得成功更感到舒心！八一建军节，市政府举行座谈会，他忙于商务活动远在千里之外，竟然日夜兼程，专程赶回来参加。作为退伍兵，尽管离开部队已 40 余年，他却有着挥之不去的军人情结，对绿色军营有一种特殊情感。

其实，黎福根身上也有一些矛盾的东西，他非常注重自己企业的对外形象及精神风貌，但却不怎么在意自己的个人形象——这就是艰苦朴素的军人本色。

当代企业家都很注重对自己的包装，名牌服装、名牌车辆，都是基本配置。经历了多年的商海搏击，黎福根何尝不知道这套行头在公众眼里就是实力的象征？可江山易改，本性难移，他学不来那些，也改不了军人本色。无论物资如何丰富，人们的消费水平如何提高，在他骨子里，中国军人艰苦朴素的传统观念始终存在。在办企业的前十余年，他一直穿着退伍时的军装，草绿色的绒衣衣袖都脱线了。即使出差在外，他也一直带着使用多年磨损得发亮的人造革黑提包。

作为丰日公司的董事长、蓄电池行业的高级工程师，旧军装后来总算换成了西装，但在黎福根看来，这已是鸟枪换炮了。可如果仔细看便会发现，他穿的西服在农贸市场就可以买到。他脚下的皮鞋，一年四季穿着。有一次下雨，他忽然感到脚下冰凉，这才发觉鞋底已经磨烂了。

穿戴如此，那么吃呢？同样是难以改变的农村传统习惯。家里来了客人，黎福根不在家不会久等，便由家人张罗用餐，也不用给他留菜。这既是习惯，也是出于对客人的礼貌。黎福根误餐的事经常发生，每每处理完事务，拖着疲惫的身躯回到家里，拿起碗筷，就着餐桌上几个菜碗里冰凉的剩菜，他也能吃得有滋有味。这哪像大老板呀，与普通农民有什么区别？知道他是大老板又不了解他品德的人，见他这么节俭，还以为他是守财奴呢。

第四十五章 利为民所谋，情为民所系

人大代表，要积极履行代表的职责，掌握民情，集中民智，反映民意。人大代表来自人民，要权为民所用，利为民所谋，情为民所系。

黎福根先后担任过湖南省第九届、第十届人大代表。自从任人大代表的第一天起，他始终认认真真地履行人大代表的职责。谁都知道，搞企业的人很忙，经营风险和压力全部压在他们肩头。然而，丰日的黎福根董事长，却把人大代表的职责摆在高于一切的显要位置。在他心中，这是一项神圣的使命，因为人民利益高于一切。

丰日集团的员工经常能看到，他们的董事长坐在办公室，桌子上摆满了文字材料、图表、画册、红头文件。可是走近一看，才知道他们的老总此刻正忙的工作与企业毫无半点关系，那也许是某乡的水利工程。他不时比比画画，就是在为工程方案如何更科学又能节省经费而费尽心机。

每年一次的省人大全体会议之前，黎福根总要抽空前往各乡镇，有时深入某一个村民小组、某一项工程的工地，进行实地考察并做详细记录，然后分析论证，再形成一份有见地、科学而精辟的提案。为此花去十天半个月是常有的事。政府相关部门的人记忆犹新，每年的省人大会议结束之后，收到了那一件又一件省人大交办的提案，如果没有及时办结，他们机关就会有位不速之客到来，以省人大代表的口吻询问某一件议案的办理情况。

可以说，黎福根是湖南省水利厅的常客了，偌大一个省级政府机关，从主要领导到一般的工程技术人员，都和他很熟。每每只要黎福根在水利厅露面，大家就会不约而同地说："又是为督办哪个议案来了？"

省市一些部门的个别领导甚至害怕见到黎福根，因为他办事太较真了，一丝不苟，务必要把每一件人大代表的议案落到实处，容不得半点含糊。

黎福根这么做，也曾让不少人感到不解。现在市场竞争激烈，要想把自己的企业办好，发展壮大，必须高度集中精力，奋勇拼搏。黎福根身为一家企业的当家人，有多少大事等他去处理，可他竟离开企业搞与之毫无关系的社会调查，岂非不务正业？

黎福根却不这么认为。他创办企业的初衷，就是为了让父老乡亲脱贫致富奔小康。他花大量的时间深入基层、田间地头，获得第一手资料，然后伏案用功，写出议案，落到实处，同样是为乡邻能过上富裕甜蜜的好日子。两者之间并不矛盾啊！从某种意义上说，人大代表交提案，然后对提案进行督办、落实，切实维护人民的利益，这个效果来得还更直接一些。

1996年6月上旬，浏阳遭遇一场暴雨，造成了百年罕见的洪涝灾害，近一半乡村房倒屋塌，眼看就要收割的早稻田一片砂砾。此时，

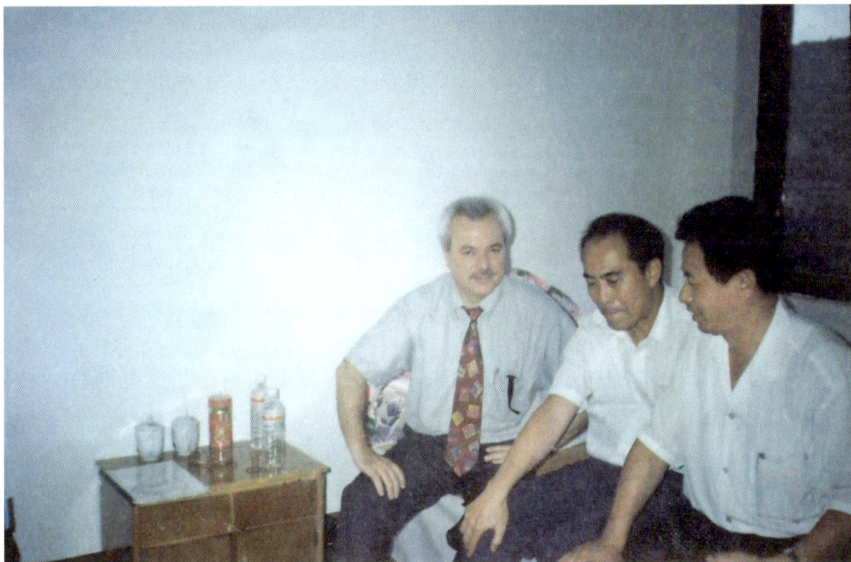

■ 1999 年 1 月，意大利索维马公司总裁来公司视察，图为黎福根董事长向客人介绍公司发展情况

黎福根正在东北某地与客户洽谈一宗标的较大的生意，已经到了要签约的节骨眼上，可听说家乡受灾，黎福根在谈判桌前再也坐不住了，匆匆交代下属一番，便登上了飞往长沙黄花机场的飞机……

七月，正是长沙地区一年最炎热的季节，尤其是洪灾过后，到处是乱石砂砾，大片的稻子被掩埋在砂石下面，四周是倒塌的农舍，一片废墟，是那样触目惊心。在接下来的一段日子里，黎福根很少过问企业的事，一头扎在农村，对每一处水损工程他都要进行调查取证，搜集大量的第一手资料。岁月不饶人啊，而且身体也不怎么好，可黎福根不顾这些，冒着酷暑高温没日没夜地奔波。许多地方公路被洪水毁坏，他坚持要去，宁可弃车步行。

每次省人大开会，黎福根代表提交的提案都很具体，很有分量，发人深省，也都得到了相关部门的重视，殊不知，他为这些提案，付出了多少心血和精力啊！

发源于平江与浏阳界岭大山深处的丰田河，是浏阳河的支流，灌溉着沿河两岸的万亩良田，还供人畜饮用。这条在县地图上都不起眼的小河，在丰田人的生产生活中却占据着十分重要的位置。

因为丰田河水质好，适合多种鱼类生存繁殖。在清澈见底的河水中，时常可见一群俗名红腮帮的鱼儿在戏水，激起层层浪花；青色的鲫鱼、鲤鱼在石缝间游来摆去；月光下，一群浅灰色的大虾，在浅水滩寻觅食物。这里流传着一种说法："过了白露节，虾子滩上歇。"捕捞大虾都在晚上进行。晚饭后，挎一只竹篓，拿一只麻线编织的捞网，只身进山，约十里处下河，从上往下，一直到家门口。一捞网下水，快速推进一段后拎出水面，便可捞起一大网肥美的大虾。回到家里，一家人看着足足半竹篓活蹦乱跳的大虾，一个个笑呵呵的，已经深夜了，大家却全无睡意。

在丰田河边垂钓也是别有一番风味，颇有一点姜太公遗风。一根细竹竿，鱼钩上钩一只昆虫，在水面上轻轻点一点，鱼儿便会跃出水面咬钩，一条活蹦乱跳的鱼儿便钓上来了……

丰田，昔日的丰田，一幅多美的山水画啊！可惜，每年到了秋季，水位最低的季节，便会有一些无良心的生了贪念，毒杀鱼类。用茶枯倒也罢了，可怕的是使用农药，鱼虾大片死亡，水质也遭到破坏。因此，每年到了枯水季节，丰田人就会为此忧心忡忡，不得不及早准备贮水，以免生活受到影响。万一有的人家没有储备饮用水，吃饭喝水就都成了问题，如果找到毒鱼的人，一场争吵甚至斗殴便不可避免。可是，你即便发现了毒杀鱼类的行为，人家一句"丰田河又不是你家的"便能噎住你质问的话语。说的也是，丰田河又不是哪一家的，是全丰田人的呀！

为此，黎福根为治理丰田河水而奔走、呼吁，并向政府起草和递交了关于新建丰田水库项目的报告（代拟稿）。原文如下：

浏阳市人民政府：

2021 年是我国"十四五"发展的开局之年，国家倡导乡村振兴，水安全保障工作。近年来，长沙市进行了大规模的治水行动，全力推进城乡防洪、城区防涝、水库保安、水资源管理、水生态修复、水利信息化、河长制等一系列工作，水安全保障能力有了大幅提升。全市已基本构成防洪减灾、水供给、水生态和水管理四大保障体系，形成了彼此兼顾、相互交融、功能协调的发展格局，为支撑和保障经济社会发展发挥了重要作用。

我市位于湖南省四大暴雨中心的湘东暴雨中心，水旱灾害频发，遭受洪灾损失严重，国家、省、长沙市给予我市水利建设大力支持，达浒镇境内规划的板背水库已建成（中型）、椒花水库（大二型）已开工，丰田水库（中型）枢纽待建。

丰田属老区（原来叫匪区，也叫苏区，位于彭德怀红军活动区域内），早在 20 世纪 50 年代，村民就有急切修建丰田水库的诉求、愿望，苦于资金没有着落至今也没有建成。目前，丰田水库已进入省、市相关规划，符合建设条件。项目情况如下：

一、规划

丰田水库已进入长沙市、浏阳市两级《"十四五"水利发展规划》《湖南省浏阳市城市防洪规划》《浏阳市中长期重点水利设施布局规划》。"十四五"水利发展规划项目名称为市域内其他水库新、扩建前期工作，项目类型为长沙市域内水安全保障规划重点项目（水资源配置工程）；该项目在浏阳市中长期重点水利设施布局规划中。

二、工程基本情况

丰田水库位于浏阳市达浒镇丰田村境内，大溪河的一级支流丰田河中游，下距达浒镇政府 6km，距浏阳市区 56km。

丰田水库坝址以上控制流域面积约 25.6km²，总库容约 2000 万 m³。水库建成后，可灌溉良田 4000 亩，利用灌溉引水可在坝后建设一装机 2000kW 电站，年发电量可达 600 万 kW·h，拦蓄的洪水 [除去灌溉（发电）]，年供水约 4000 万 m³。是一座以防洪为主兼有小流域治理及灌溉、发电、供水等综合效益的中型水利工程。

丰田水库坝址位于丰田河中游峡谷出口关门石处，地形呈"V"形，坡角 35~40 度，河床宽度 20~25m，局部基岩裸露，坝区主要地层岩性为冷家溪群粉质砂岩与砂质板岩互层，库区内地形开阔，河谷最宽处达 200m。近坝库区没有较大的库岸坍滑体和不稳定的岸坡地质。地形、地质条件优越，为水库建设提供了不可多得的建设条件。

三、水库、洪水及淹没

根据水库的集雨面积，坝址及库区情况和本工程防洪作用，选定总库容约 2000 万 m^3，按此规模建设的丰田水库，在库区降雨为 50 年一遇暴雨时，可以保证下泄流量在下游河道安全泄量内，有较强的调洪、蓄洪及错峰能力，对该小流域治理，能起到至关重要的作用。

项目建设需公路改道 6km，水库移民 30 户，可在丰田村内解决安置。水库建成后，丰田河下游历年来被水毁的 200 余亩良田，可逐步恢复。

四、主要建设内容及投资

主要建设内容有大坝（最大坝高约 69.8m），电站（装机约 2000kW），5km 河道治理，5km 供水管道，6km 库内道路，4000 亩灌区主干渠。工程投资估算约 6 亿元。

五、工程效益

丰田水库建成后，遭 20 年一遇洪水时可削减本流域洪峰流量 146m^3/s，将其下游农田防护能力提高到 20 年一遇；遭 50 年一遇洪水时该库能削减本流域洪峰流量 231.2m^3/s，削减到达浏阳市城区段浏阳河洪峰流量 62.4 m^3/s。

丰田水库区内地形开阔，内有公孙古银杏树，单棵树围可达 13.1m，树龄 4600 多年。水库建成后，正常蓄水时水面比较大，借助古银杏树可作为一个旅游项目与大围山森林公园一同开发，为我市全域旅游开发增添一张靓丽的名片。

丰田水库每年可减少洪灾损失 5000 万元，灌溉、发电、供水、旅游等效益可达 6000 万元。其社会和经济效益良好。

现已进入 2022 年，该项目与浏阳市中长期重点水利设施布局规划计划开工时间已滞后整整 10 年。为提高大溪河防洪标准、减轻城区防洪压力，确保护人民群众切身利益，改善洪涝灾害侵袭局面，借助国家乡村振兴、我市全域旅游东风，今特呈文，请市政府给予大力支持，争取 2022 年秋季开工建设丰田水库项目。

盼复！

浏阳市水利局

2022 年 1 月

从民心工程出发，黎福根的代拟稿引起了湖南省水利厅的重视，丰田修建一座蓄水 4000 万立方米的水库已申报由省发改委立项。

在他多年呼吁之后，这个项目终于引起了上级政府的高度重视。他的计划获得批准后，丰田水库与椒花水库并网、并流，这样流量更大，将来可以供应省城数百万人口的饮用水。

第四十六章 一位处长赞叹道："你真是一位对人民负责的代表！"

我们崇尚英雄，是因为英雄需要传承，每个时代都有属于它的英雄，以确保英雄的延续。因为，英雄始终把人民群众的疾苦和安危放在心上，历史会铭记那一刻的闪耀，人民会怀念时代英雄的贡献，因而愿意为他们发声，延续他们的精神和行为，这就是时代英雄的意义。

在历史车轮滚滚前行的历程中，每一代人有每一代人的使命。有的人身处战争年代，他们的使命就是保家卫国，捍卫国家的领土和主权完整。有的人身处和平年代，他们的使命就是快速推动祖国的发展，争取让祖国早日实现繁荣富强。时代不同，使命不同，但是对英雄的需求却是相同的。

黎福根办企业的初衷是为了造福家乡，让世代受穷的父老乡亲过上好日子，把丰田建设成为富裕秀美的小康村。随着企业规模的不断扩展和经济实力的增强，他的这种愿望又升华为强烈的社会责任感。

自 1998 年当选为湖南省人大代表后，黎福根对于老百姓的呼声，对于发生在自己身边的人和事，事必躬亲，时常奔波于各个机关为民请愿。被选为省人大代表后，黎福根有了一种理性而深刻的认识，他由衷地感叹道："当一个代表不是一件容易的事情，要当好它更困难，不是随便举举手、鼓鼓掌就了事的。我的议案要上去，就一定要自己深入基层调查，把准确数据搞上来。没有把握的事，我绝对不干。"

黎福根话说得漂亮，事情做得更精彩。

黎福根是湖南省人大代表，老百姓自然有问题就找他说，有困难就找他解决，黎福根对此也从不推脱。而且他认真负责，全力以赴去帮忙解决。

在黎福根当选浏阳市政协委员，湖南省第九届、第十届人大代表的任职期间，无论有多忙，他都要抽出时间来认真履职、为民请命，哪怕因此贻误商机，蒙受损失也在所不惜，股东同事、亲朋好友为之扼腕，他却说："账要看你怎么算！"

有人提了两个问题："您为民请愿、仗义执言，就没遇到过什么威胁吗？怕过吗？"他说："无私就能无畏，无畏才能有为。我身为人大代表，仗的是人民之言，何畏之有？"又问："您当人大代表，是图名，抑或为利？"他说："图名？我一个农民的儿子，能有现在这样崇高的荣誉，我已经很心满意足了，作为人大代表，没有什么功德比老百姓的认可更圆满；至于为利，坦率地说，无论是为政府办事，还是帮老百姓跑腿，就讲这吃饭，不要说我没吃过一顿老百姓的，就连这上上下下的接待，全都是我掏腰包。要不是我自己办了个企业，我还真受不了。"

他笑了，一个人大代表最骄傲的笑。请看下面两个故事吧：

2003 年 5 月的一天上午，黎福根正要出门，远赴新疆参加一次重

■ 1999 年 3 月，时任湖南省委副书记、省长储波（右）一行视察丰日公司。图为公司黎福根董事长（左）陪同储省长考察车间

要的经济活动，有几位企业界的老朋友相约见面，几宗订单已有意向。可是，就在此时，一个衣冠不整的老人突然闯了进来。老人一见到黎福根，就掩面哭泣，半天说不出话来。黎福根连忙将老人扶进屋坐下，劝他不要着急，有什么事说清楚，他会帮忙的。老人好不容易平复了激动的心情，说清了来意。

原来，老人家住大围山，某花炮厂见他家里房子还算宽敞，送来两吨炸药，请他家里人加工制作引线。老人家境贫寒，见有这样的好事送上门来，自然满口答应。可是，没过多久，在一次清理危爆物品的过程中，警察根据群众举报的线索找上门来，老人的儿子被带走了，羁押在市看守所，在监所里被同监室的犯人欺压，吃了不少苦头。老人说着说着悲从中来，老泪纵横。

黎福根安慰了老人几句，随即取消了去新疆的计划，开始帮这个素不相识的老人家奔走。他首先来到浏阳市人民检察院了解案情，得到的答复使他认识到事态的严重性：私藏爆炸物，而且数量如此之多，按律当处死刑，从轻也要判无期徒刑。因此案属重大刑事案件，浏阳还无权处理，归省里管。于是，黎福根专程赴长沙，以省人大代表的身份找到省检察院和省政法委的领导，恳切陈词，据理力争。他的理由是，老人的儿子是贫苦农民，诚实厚道，在地方上无任何劣迹，只因不懂法才犯下大错，并非故意，更重要的是并没有造成严重后果，综合多方面的原因，希望能网开一面，从轻处理。

一位企业家、人大代表，为一名素不相识的村民如此不遗余力地奔走。省检察院的领导为黎福根这种为民请命的精神、强烈的社会责任感所感动，为这起"私藏炸药案"召开了专门会议，最后做出了无罪释放的判决。黎福根得到这个消息，不由得长长舒了一口气，多日来的奔走总算没有白忙，虽然放弃了新疆之旅，损失了几份预期的订单，减少了利润，可终究挽救了一条鲜活的生命，他觉得值得。毕竟人头不是韭菜，割了不会再生，试问世间还有什么比人的生命更可宝贵的呢？

又是一天上午，黎福根正要出门时，那个经历了大喜大悲的老人，再度出现在他面前，花白的头发下，那张沟壑纵横的脸上已没有了上次的凄苦，曾经绝望的双眼里充满对恩人的感激之情。老人伸出微微颤抖的双手，递上一小包火焙鱼。这是老人自己熏制的，由于家里穷，他拿不出钱来买礼物送给恩人。礼轻情意重，黎福根伸出双手郑重地接过，认真地谢了又谢，仿佛欠下人情的是他而不是对方。告别时，黎福根又硬塞给老人200元钱做路费，老人千恩万谢地走了。

人大代表为人民，为民请愿的事时有发生，但黎福根总是不厌其烦，尽心尽责地去完成。

2000年初的一天，黎福根从上海出差刚回来，进得家门，就被发生在眼前的一幕惊呆了：村邻汤某一家四代，从白发苍苍的老人至不谙世事的孩子齐刷刷地跪倒在他面前。他几步上前，急忙将老人扶起，同时叫大家都起来。这位古稀老人，曾经还是区领导，一名老共产党员，也是有头有脸的角色，现在竟然当众跪在别人面前，难道他会不知道男儿膝下有黄金的道理吗？黎福根也有儿孙了，他能够理解眼下这位老领导的心理感受。他扶老人坐下，劝道："有事好好说嘛，我和你们一起想办法解决就是，光是哭和跪有什么用？"

和许多丰田人一样，汤某的儿子经营着废钛生意。最近，卖给宝鸡的一批货被认为是假的，宝鸡方面拿着一份化验单报了案。宝鸡警方以易某涉嫌诈骗来浏阳抓人。当时，易某被宝鸡警方暂时关押于达浒派出所，如不抓紧时间营救，被押解到宝鸡，事情就更难办了。

黎福根闻言，知道事情紧急，顾不上旅途劳顿，第一个电话就打给了时任浏阳市政法委书记的黎石秋。黎石秋听取了他的意见，指示浏阳公安局：暂时把人关押在浏阳看守所，待两地公安共同办案，搞清情况再说。

　　后来，宝鸡方面要求易某退还全部货款，才同意从轻发落。易家一时拿不出那么多现金，只好贷款。可是，按贷款的银行规定，要有担保人。情急之下，到哪里去找担保人啊？俗话说："落难莫寻亲。"还是黎福根主动为其提供了担保。

　　货款退回后，事态得到了缓和。为了恢复易某的人身自由，黎福根又找到乡党委、政府商量解决问题的途径，此后又与乡党委王书记一道找到浏阳市相关部门，却被告知，由于宝鸡方面通过省公安厅办理了一系列手续，市里无权处理，只能找省公安厅解决。黎福根与王书记商量了一下，先找省人大内司委的领导签了个字，又来到省公安厅。

　　省公安厅负责此案的一位领导接待了黎福根，也许是由于黎福根的身份比较特殊吧，省公安厅领导非常重视，将案情做了全面介绍，还表明这是陕西通过湖南省警方协助办案，他们一方说了还不算。早有准备的黎福根针对警方将此案定性为"诈骗"提出了自己的不同看法。他认为，仅以宝鸡单方面出示的一纸化验单为根据定性"诈骗"未免草率，这只能算一起经济合同纠纷。黎福根说："我经营钛多年，在这方面积累了一定的经验和知识。"他以专家的口吻侃侃而谈对金属钛的了解、分析，似乎在做一场关于钛的学术报告。

　　黎福根的话讲完，在座的领导同志相互看了一眼，从大家的表情能看出：服了！

　　负责此案的一位处长问道："你是哪里的人大代表?"

　　黎福根答道："我是湖南省人大代表。"

　　处长由衷地赞叹道："啊，你真是一位对人民负责的代表！"

由于黎福根的观点有理有据，陕西警方也没有再提出任何反对意见，最后的处理意见是：易某承担合同违约所带来的经济损失，不再负其他刑事责任。很快，易某就从市看守所走了出来。

又是无罪释放！

对于黎福根来说，此类事例多得不胜枚举。如果说他爱管这些与自己的利益毫不相干的"闲事"，是因为他是政协委员人大代表，是法律赋予了他神圣职责的话，但是，后来他不再担任人大代表了，遇到类似的事，他还是会主动上门，倾力相助。

说一件最近发生的事吧。浏阳某出口花炮厂本是排名靠前的企业，是利税大户，属龙头企业，老板的名气也不小。在潜意识里，这位老板没有把同样声名在外的黎福根放在眼里，尽管他们不是同行，没有竞争。谁知天有不测风云，2006 年 8 月，该厂发生爆炸事故，造成 11 死 21 伤、厂房被毁的严重事故。这对花炮企业来说，无异于灭顶之灾，企业可能会毁于一旦。2008 年 6 月，黎福根得知这家企业主因债务纠纷被另一企业告上法庭。因为和此案原告很熟，黎福根抽出时间找到双方当事人，苦口婆心地进行调解，最终双方握手言和了。黎福根长长地嘘了一口气。

第四十七章 计划创办浏阳 福悦森林健康养老中心

　　悲悯人生，慈善心理，也许和一个人的经历有密切关系。黎福根有一颗善良的心，即使身处困境，他想到的也不仅是个人的贫穷，而是企盼周围人同时改变命运。他总是为能帮助别人而感到高兴。他自己也是古稀之年了，对如何安度晚年，他感同身受，想得最多的还是所有老人都能有一个幸福的晚年。这就是他下决心创办浏阳福悦森林健康养老中心的初衷。

　　中国已经提前进入老龄化社会，60岁以上的老人多达2亿多人，一对夫妇面临着至少要赡养两对以上老人的现状。许多人看到了问题的严重性，各种名目的养老机构应运而生。有的人看到了挣钱的机会，有的人则实实在在是为了让这个群体安度晚年。随着老年人越来越多，向来以悲悯情怀看待社会、看待老人的黎福根自然也动了心思。老有所养，老有所依，让老人安享晚年成了他一直琢磨的问题。为此，他还做了许多社会调查，到社区走访，与老人谈心，听取大家的意见，一个成立养老机构的设想在他脑海里呼之欲出。

　　首先，选址上，他邀请有关方面的专业人士进行了一番考察，根据老年人的特点，决定把养老中心建在福悦山庄。这里环境优雅，交通便利，掩映在森林中，是一个负离子丰富的天然氧吧。其次，设施方面，根据老人的特点，建造30~40平方米的套房，仿老四合院，配备活动中心，下棋、唱歌、跳舞，有针对性地设置一些老人喜欢的项目，适合老年夫妇居住。进大门右边盖一栋服务大楼，内设体检、医疗综合服务机构。拟邀请一些名医加入，或者聘请坐诊。根据老人体弱多病等特点，准备购买直升机运送病人，为抢救病人赢得宝贵时间。这里属于半山区，植被多，无须开空调，也适合老年人生活。还要在这儿建一些配套设施，比如在山庄附近的墨斗峡建儿童活动中心。儿女带着孩子前来看望老人，祖孙可以一起在儿童活动中心尽情地享受天伦之乐，感受温馨的家庭氛围。右边还可以建一些单间，让独居老人也有理想的生活场所。

之所以选中福悦山庄建福悦森林健康养老中心，主要还是看中了这儿水好，经过化验，属于弱碱性，偏硅酸高，非常适合人类饮。水对于老年人的重要性，不言而喻。这里还山清水秀，空气新鲜。

这是一个宏大的远景计划，也非常振奋人心，深受广大老年朋友和其儿孙的向往，给广大人民群众带来了福音。不过，黎福根呕心沥血制订的计划虽然很好，但还得投入大量资金。为此，黎福根与社会各阶层一些热心养老事业的人士进行了多次考察、论证，目前，此计划正在进行中。我们也不妨披露计划的一些关键细节。如果大家感兴趣，也可以成为这一善举的股东。

该计划分三期实施，每期建设时间为一年，总共三年。总投资 4

亿元，其中一期为 1.5 亿元，二期为 1 亿元，三期为 1.5 亿元。

经测算，项目满负荷运营后，年营收将达到 4 亿元，按康养产业15%左右的平均利税率计算，每年可获利税 6000 万元左右。

项目利用山水资源，能优化当地产业结构，推动当地经济转型升级，增加当地税收来源；也将直接增加当地就业岗位，带动当地农户创收致富；还将助推社会健康养老事业发展，为广大追求健康养生、健康养老者提供一个满意的去处。

这个项目选址于浏阳市达浒镇长丰村，以榴花洞福悦生态度假山庄、山庄周边山林及山庄上山路口旁的福悦老厂址为项目实施地点。

浏阳地处幕阜—罗霄山脉北段，属幕阜连云山丘区，地势东北高，西南低，山体脉络清楚，谷岭平行相间，构成北东南西走向的雁行式背斜山地理地貌景观。境内有连云、大围、九岭三条主要山脉，最高点为大围山主峰七星岭，海拔 1607.9 米；最低点为柏加镇渡头村塘湾，海拔 37.5 米，海拔 800 米以上高峰 50 余座。境内有浏阳河、捞刀河、南川河三条水系。汇纳 1300 多条支流，总长约 2200 余公里，分别汇入湘江。地貌类型中：山地占 52.85%，丘陵占 25.08%，岗地占 7.87%，平原占 12.56%，水面占 1.64%。

浏阳属亚热带季风湿润气候，东半部以中低山为主，夏凉冬冻，光热偏少，降水偏多；中南部地区，冬少严寒，夏少酷热，光热适中，雨水适中；西北部捞刀河流域，属湘中丘陵盆地气候类型。全市历年平均气温为 17.4℃，最热为 7 月，月平均气温为 28.4℃，最冷为1 月，月平均气温为 5.8℃，历年极端最高气温达 40.2℃，极端最低气温为–10.7 摄氏度；年平均日照时间达 1516.7 小时；年平均降水量达 1680 毫米；年平均雷电日 50 天，无霜期为 266 天。

以"一河诗画，满城烟花"形象名世的浏阳，形成了"春赏花、夏漂流、秋品果、冬滑雪"旅游品牌，是中国优秀旅游城市"湖南省旅游强县""湖南省旅游产业发展十佳县（市）"，还是国家生态示范县（市）、全国休闲农业与乡村旅游示范县和全国"美丽中国典范城市"，并于 2016 年入选"国家全域旅游示范区"创建名录，是 2018 年绿色发展典范城市（湖南唯一）。

浏阳的森林覆盖率，始终保持在 66.2% 以上，远高于长沙市 54.9% 的平均水平。2019 年，浏阳空气质量优良天数达 348 天，同比增加 9 天，优良率为 95.2%，位列长沙九区县市第一，在全省也居于前列。

先期实施一期工程。利用榴花洞福悦生态度假山庄 5000 平方米建筑和丰日老厂址 3000 多平方米的建筑，建设一栋 5000 平方米的公寓楼和一套 2600 平方米的仿古四合院（做老年活动中心），设置床位 300 张。山庄周边 500 米范围共 100 亩山林内，建设 200 栋幽居小别墅。选择的地址不涉及集中居民区、自然保护区、风景名胜区、饮用水源保护地，周边无污染企业，因此项目与周围外环境相容，无明显环境制约因素。用水取自自建山泉水蓄水池，不会给当地供水造成压力。

这项工程施工期产生的废水，将通过修建临时沉淀池，经沉淀处理后回用于场地洒水降尘、设备冲洗和浇树养花等。

固废：施工期固废主要是弃土、建筑垃圾、生活垃圾、沉淀池沉渣、化粪池污泥等。基础工程开挖土方量与回填土方量在场内周转，用于就地平衡、绿地和道路等生态景观建设；建筑垃圾主要为砂石、碎砖瓦、废木料、废金属、废钢筋等杂物，收集后堆放于指定地点。废木料、废金属、废钢筋，分类回收后交废品收购站处理；砂石、碎砖瓦由施工方统一清运，送到当地管理部门指定的建筑废渣专用堆放场。生活垃圾严格按有关管理规范统一收集，交当地环卫部门处置。

沉淀池沉渣中的砂石，利用砂石分离机分离浆水后，回用于建设。浆水经压滤机处理后出水为清水，该部分清水回用于建设，沉渣则被压滤为泥饼，暂存于泥饼暂存区，定期外运至林区作为培土。施工土建面积有限，但在施工期，开挖和填筑将使原地表植被、地面组成物质、地形地貌受到一定扰动，通过合理规划工程施工场地和设施布置，项目施工后期因地制宜对各类施工地采取工程和种植植物相结合的方式及时处理，本项目施工期的水土流失可得到有效治理。项目建成后，随着绿化的实施，区域生态环境会得到恢复。因此，施工期对生态影响甚微，为环境可接受水平。运营期废水固废处理。生活污水经化粪池处理达到《污水综合排放标准》（GB8978-1996）中的三级标准后，再经一体化污水处理设施处理达到《城镇污水处理厂污染物综合排放标准》（GB18918-2002）一级 A 标准后排入山沟。

固体废物主要来源于游客和员工的生活垃圾。项目在区域内广设环保垃圾桶，用于分类收集区域生活垃圾，并使用加盖垃圾桶实现垃圾存放封闭化，在垃圾暂存间集中堆放，并做到"日产日清"。垃圾暂存间进行防渗、防腐处理。生活垃圾中的废书报、纸质包装物、塑料、金属和玻璃瓶类等，绝大部分可回收利用，其中的废纸和纸质包装箱等有回收利用价值的固废经收集整理后可出售，剩下的生活垃圾袋、桶，由环卫部门及时清运至垃圾场处置。

项目将由一位副总经理负责环境管理工作，下设具体的环保工作人员，负责组织、协调环境保护工作，加强与环保部门的联系，实行工程环境监理制度的档案制度。对项目区内的污水、雨水收集系统、环保标示标牌、垃圾收集系统等进行定期维护和检修，确保环保设施的正常运行及管网畅通，避免跑冒滴漏现象发生。废水将得到有效分类处理，可实现达标排放，不会对周围地表水环境造成明显影响。项目固废也会得到妥善处理，去向合理，不会产生二次污染，不会对周围环境造成影响。本项目对生态环境的影响主要是施工阶段，且受影响面积不大，并可全面恢复。因此，从环境保护角度，该项目的建设是可行的。所有电器设备、运营设备等均有可能造成不安全事故，应加强对职工的生产安全教育，使每个职工都知道安全生产的重要意义；制定安全生产操作规程，张贴在操作处，严格按规程操作；电气操作等特殊岗位工作人员须经培训并持证后再上岗。针对建设运营过程中可能发生的诸如火灾、噪声、机械伤害、触电等危险因素，按照《工厂安全卫生规程》《工业企业设计卫生标准》《工业企业噪声控制设计规范》等国家标准、规范的要求，采取相应措施。设计中对各种转动机械的运行、用电设备、线路等具有危险隐患的环节均采取安全措施，以切实保障操作人员的人身安全。

用电方面，低压配电系统采用 TN-C-S 接地系统。变压器中性点直接接地，所有电器设备和线路的非带电金属外壳及构架等均做接地保护。在项目建筑物上都装有避雷措施，并通过资质部门检测。采取接地措施，保证生产过程中不产生静电荷。

认真贯彻"预防为主，消防结合"的原则，根据《消防法》《建筑设计防火规范》（GBJ39-90），《森林防火条例》《建筑设计防火规范》（GB50016-2014），《建筑灭火器配置设计规范》（GB50140-2005）等相关规定及要求，进行消防体系建设。按照防火规范，厂区建筑物之间留有防火间距，保证消防道路的畅通。在榴花洞福悦康养中心区内设置消火栓，每层楼道均配备手提式灭火器。主要通道、疏散走道均设事故照明，安全出口、疏散走道及转弯处设疏散标志灯。

项目周边为山体，以树木为主，稍有不慎，极易引起火灾，会给景观和生态环境造成巨大破坏。引起火灾的原因主要有以下几点：由于雷电引发火灾；由于用火不慎引发火灾；故意纵火；住客乱扔烟蒂引发火灾等。

为防止榴花洞福悦康养中心区的火灾，将健全旅游景点的防火体系，完善监测指挥系统，达到防火队伍专业化、消防机械化、管理规范化的标准、强化责任制与宣传教育。具体采取以下措施：加强旅游区防火工作安全的宣传教育，提高人们的防火警惕性，在一些重要地区设立醒目的防火标志和注意事项，以引起人们的消防警觉；加强领导，建立健全防火组织，配备足够的消防队员，完善消防、救护设施，加强巡山护林工作；制定防火管理措施和防火责任制，严格榴花洞福悦康养中心区防火管理，监督防火安全措施的实施，杜绝火灾的发生；

做好住客和进出榴花洞福悦康养中心区车辆的管理工作，严禁在榴花洞福悦康养中心区非空旷区内吸烟、使用火种。

建设期将成立榴花洞福悦康养中心项目建设部，由浏阳福悦健康养老服务有限公司法人代表黎福根先生任部长，下设项目办公室、土建组、采购组和财务组，并配备相应人员。进入运营期后，榴花洞福悦康养中心设总经理一名，副总经理两名，下辖行政部、医养部、市场部、接待部、服务部、财务部、供应部。公司将严格按照《公司法》等有关法律、法规的相关要求，完善法人治理结构，建立现代企业管理制度，规范公司运作行为。

第四十八章 桃李不言，下自成蹊

　　黎福根是一名退伍军人，同时也是一名有 50 多年党龄的共产党员。听着雷锋故事长大的他，知道"一个人做一件好事并不难，难的是一辈子做好事"，这句话伴随着他的成长。他所做的不图任何回报，只是做了一名共产党员、一名退役老兵力所能及的事情。不以善小而不为，以后他还会一如既往地做下去！

　　他是一名中国共产党党员，积极发挥党员的先锋模范作用，坚定不移地贯彻执行党的路线方针政策，大力发扬脚踏实地、埋头苦干的工作作风，努力结合自己的工作实际创造性地做好工作，想群众之所虑，急群众之所难，谋群众之所求，一心一意为人民服务。他就是新时代合格的共产党员。

　　在黎福根和他的丰日集团，不乏这样的故事。

　　丰田村中心组的汤良仲，幼时父死母嫁，孤苦伶仃，无依无靠，住在两间破旧的土坯房子里。他是那种能干一些较简单活，但不知该干什么的人，需要别人指点。可实行责任制后，各行其是，哪有人常常为别人的事操心呢。为了解决汤良仲的困难，黎福根将他推荐到村

■ 党和国家领导人接见退伍军人建功立业成才报国活动优秀退伍军人代表合影留念，后二排右起十二为丰日电源电气集团黎福根董事长

上的茶场。开始，茶场领导不大愿意，黎福根解释道："汤良仲人还是很勤快，就是要人调摆。你茶场不是有那么多荒坡地要铲草吗？他是最适合的！"果然如此，汤良仲到茶场后，每天除草不止，不论春夏秋冬，一年四季，天刚亮他就扛着锄头上山了。滚滚热浪，炎热酷暑，他草帽都不戴一顶，晒得黝黑。偶尔，黎福根也抽空到茶场去看看，茶场领导对汤良仲的表现很满意。可黎福根见汤良仲三伏天不顾休息照样上山除草，便提醒该领导，要多关心汤良仲。谁知汤良仲却笑嘻嘻地说道："不要紧，不要紧，我不怕晒！"他高兴有活干，干完活回场后有饭吃，有水洗澡，比在自己家里样样都要自己动手好得多。虽然这样，黎福根还是关切地在他光着的胳膊上拍了拍，提醒他注意休息，有个头疼脑热地跟领导讲，还鼓励他："好好干几年，积攒些钱，有合适的女人成个家！"汤良仲听后，咧开嘴笑了。

可惜，1984年，茶场因故停办，汤良仲不得不重新回到那两间破房子里。黎福根自己很忙，心里却牵挂着汤良仲建房的事。农村建房，用自己的木材，除了买瓦、付木匠工资，是花不了多少钱的。黎福根在自己资金十分紧张的情况下，仍挤出500元钱，委托组上的村民帮忙，给汤良仲建房。大家算了一笔账，除去买瓦的钱，建房的其他开支基本上够了。黎福根笑道："瓦的事，我来解决吧。"就这样，汤良仲有了自己的新房。此后不久，经人撮合，汤良仲与一位残疾姑娘喜结良缘，次年生下一子，黎福根少不了前往祝贺，奉上红包。

汤良仲在自家户口簿后面的空白页上，密密麻麻地记着黎福根给自己的支持：某年某月某日，钱300元；某年某月某日，化肥200斤……每年过了腊月二十四，黎福根就会带着厂里的几名员工，到村中的弱势群体家中进行慰问，送上猪肉、鲜鱼、红包，还要恭恭敬敬地作上一揖，说是"拜个早年"。汤良仲家黎福根自然是年年光顾，每到这个时候，他总是搓着双手不知如何是好，只能默默地把黎福根对自己的好记在心头。

1996年，黎福根的养母去世。汤良仲听说后，前往吊孝。他手里没有钱，便卖了一百斤稻谷，买了一床毛毯，封了10元钱的红包。黎福根家中治丧，客人中有的是体面人物，当汤良仲将自己尽了最大财力置办的礼物送到黎家门口时，与贵客相比，一种强烈的自卑感使他不敢抬头。黎福根发现了，几步上前，恭恭敬敬地双膝着地，给他行了个大礼。顿时鼓乐齐鸣，铳响轰隆，从未受过如此礼遇的汤良仲又一次乱了方寸，显得手足无措。黎福根双手接过他的礼物，吩咐将毛毯写上具赠人汤良仲的名字，悬挂在显眼处。汤良仲见状，连连抹着眼泪。如果说黎福根以往的帮助、馈赠还多少让人觉着有些"施恩"的意思，今天这样一个大礼、一份尊重，才真正让汤良仲的心都为之震颤！

春节过后，汤良仲起了一个大早，带上香烛纸钱，爬了十余里陡峭的山坡，来到石观娘娘庙里，焚香祷告，求得一包"神茶叶"，保佑黎福根好人一生平安，然后送往黎福根家里。黎福根收到后，打开纸包，见里面是一撮很粗的茶叶，拌有一些庙里祈祷的香灰。这个粗陋的礼物让这位大企业家的眼睛湿润了，他深切地体会到，弱势群体在经济上也许是匮乏的，但他们的情感是何等真挚，弥足珍贵。

像这样"珍贵"的礼物，黎福根经常收到，如相距 30 多公里偏远山区的一位大娘，专程来到黎福根家里，送上一双自己亲手制作的布鞋，以感谢他对自己儿子学费的援助。更有人跋涉 20 余里山路，送来的不过是几只大红薯。有道是黄金有价情无价，谁说"世风日下，人心不古"呢?!

退伍兵黎绍成，1983 年连遭三灾：失火，烧毁了蚊帐、楼板及许多家具；孩子生病住院治疗；期间家中又被盗，仅有的值钱之物诸如30 多斤茶油、孩子三朝收的一些布料均不翼而飞。连遭不幸，夫妻俩伤心得抱头大哭。黎福根得悉，登门慰问，安排黎绍成到自己的厂里干活。后来，还将他的妻子和儿子都安排进厂干活。现在，黎绍成一家收入颇丰，已住进混凝土结构的洋楼，家用电器应有尽有。回首往事，黎绍成感慨万千，他说，如果不是福根在自己陷入绝境时拉一把，跳楼自杀的心思都有过。

像汤良仲、黎绍成这样受惠于黎福根的人，到底有多少，没有人统计，也无法统计。

黎福根是一名共产党员，党员的使命就是为人民谋幸福。看到贫困地区教育的贫瘠，看到不少贫困家庭的孩子上不起学，黎福根无私奉献，让这些孩子能有继续学习的机会，让孩子们拥有明天的希望与梦想，为国家培养出更多人才。自党中央精准扶贫工作开展以来，黎福根认为扶贫先扶智，于是自费成立了黎福根教育基金会，多渠道广泛筹措资金，先后帮扶贫困学生数百人。

基金会以精准扶贫资助贫困学生完成学业，极大地激励了这些贫困家庭孩子努力学习、立志成才的决心，极大地激发了教师教书育人、无私奉献的热情。黎福根为祖国的教育事业发展做出了突出的贡献。

1976年，黎福根退伍，回到家乡浏阳市达浒乡丰田村。当时的丰田村，一无电，二无公路，年人均纯收入仅70元。1982年，黎福根邀集三位退伍军人，贷款3000元，租用三间旧猪舍，办起了烟花材料化工厂，靠一根扁担、两只纤维袋做运输工具，开创了浏阳花炮原材料产业的先河。几年时间，企业已拥有了数千万元资产。

黎福根虽然富有，却不坐豪车，不住高级宾馆，衣着依旧朴素，但对乡亲却十分慷慨。1995年，家乡遭受特大洪灾，他掏钱买来一台推土机，无偿为本村和邻村村民修复水毁稻田150多亩。

还有一件帮人帮到家的事让人感慨不已：那是25年前，有一位外来的肖姓青年找到黎福根，称自己是退伍兵，父母年迈多病，自己回乡后苦于找不到合适的就业门路，生计艰难，谈了多年的女朋友都要分手了。黎福根原本就最乐意帮助人，何况他自己作为退伍兵，心灵深处有一种难以排解的军人情结，他决定帮小肖一把。

不过，当时黎福根的企业规模还太小，一时难以找到适合小肖的岗位。正在黎福根踌躇之际，小肖显然是有备而来，胸有成竹地说，自己有养猪的经验，也已经在丰田摸了一下底，想在这里办养猪场，女朋友也表示支持，愿意一起来养猪。黎福根转念一想：丰田的老校舍正好可以利用上！于是，黎福根在紧缺的资金中匀出一点，交给小肖。不久，这片形同废墟的丰田学校老校舍又有了生机。这样，小肖这名退伍兵得到了安置，而且还挽救了一桩姻缘，一举数得。

猪场开业之初，豪爽的黎福根就对小肖表态：你只管好好干，挣了钱是你的，亏了算我的。小肖闻言，感动得想哭，当即发誓一定要干出样来报答老板的知遇之恩。可养猪是一桩又脏又累的活儿，靠一时的热情很难维系下去，这座猪场没多久就关门大吉了。小肖很愧疚，觉得对不起黎福根的扶持与帮助。然而，在损失了一笔经费感到惋惜的同时，黎福根考虑得更多的还是小肖今后的出路。养猪失败了，可他那个家今后该怎么办呢？生活还得继续呀。

思之再三，黎福根决定在自己的企业给小肖安排一个岗位，连小肖的新婚妻子都在安排之列。有人笑道："你这叫好人做到底。"黎福根笑了笑，不置可否，算是默认了吧。若干年过去了，现在，小肖变成了老肖，是丰日电源电气集团的老职工，有了一份固定收入，这个昔日困难的家庭如今幸福美满。员工们都羡慕老肖真有福气，有贵人相助。

乡亲们说："黎福根做的好事，几天几晚也说不完。"有一次，村民罗建平家遭受厄运，一场大火将她丈夫烧成重伤，经医院抢救治疗两个多月，终因伤重身亡，留下一堆债务。就在走投无路的情况下，黎福根送来2万多元，还帮罗建平的儿女安排了工作，让一家老小过上了安定的生活。

他当过农民，骨子里渗透着与生俱来的真、善、美；他当过兵，有着军人的果敢、顽强和刚毅；他办过企业，具有企业家的远见卓识和进取精神。这种不平凡的经历，铸就了他的仁心与博爱。这就是黎福根，源远流长滋世代，枝繁叶茂荫乡邻。

黎福根更以直接出钱出物的方式为家乡建设出力。1985年家乡发生特大洪灾时，他捐赠救济物资折款共20万元。1997年，支持贫困山区广西水族自治县，捐款救灾物资10多万元。修路、架电、建校、救助特困户、五保户和伤残病人，恢复农村水损水利设施，兴建村民清洁饮水工程，资助各地贫困学生等，40多年来黎福根个人和公司在精准扶贫、支援家乡新农村建设、公益事业、教育事业、抗洪救灾、兴修水利、兴修公路、打造旅游等方面捐资近亿元。

公司被评为第四届湖南慈善奖"最具爱心捐赠企业"，上榜2020年度"长沙慈善企业影响力榜"。同时，黎福根历年被评为省、市优秀党员，先进工作者，被湖南省光彩事业推动委员会、国家民政部、全国转业军人宣传领导小组授予"全国扶贫扶优先进个人""光彩事业荣誉证书""全国优秀退伍军人""全国星火计划先进个人"等荣誉，先后四次上京受到江泽民、李鹏、李瑞环等党和国家领导人的接见。

第四十九章 家国情怀

■ 黎福根董事长指着河堤前面的那片田野，声情并茂说着当年村民们修堤筑路的故事

七月流火的日子，火红的太阳炙烤着大地，天气闷热得让人发慌，稍微动一动，便浑身是汗。我们《大围山下》报告文学编辑小组一行应邀顶着烈日来到大围山下的丰田村，一阵清凉的山风徐徐吹来，顿觉凉爽之至，心情舒畅至极！

在黎福根董事长等领导的陪同下，我们在风景秀丽的林荫路上边走边聊，站在当年泛滥成灾的丰田河道上，董事长黎福根指着河堤前面的那片田野，声情并茂

■ 热闹非凡的丰田河

地说着当年村民们修堤筑路、挑沙还田、大展宏图、气壮山河的感人事迹，仿佛那一幕幕可歌可泣的情景又展现在我们眼前。如今的丰田河已被建设成为村民们休闲的风景区了……

我们边走边聊，不知不觉来到了榴花洞避暑山庄。

榴花洞避暑山庄地处大围山半山腰海拔 700 米处左右，温差与山下相差 15℃左右，是湖南省五星级农家乐，位于湖南浏阳 AAAA 级风景区大围山区，区位优势独特。榴花洞避暑山庄占地面积几百亩，建有面积约 3500 平方米主楼集饮食、会议厅、演播厅、文化学习、娱乐、健身于一体的楼栋建筑群。这里生态覆盖率达 96%，山庄依山傍水，空气清新，是天然的负离子氧吧，拥有一派青山绿水的自然风光。山庄内绿树

■ 榴花洞山庄主楼一郭

成林、青草如茵，出行便利。这里自然风光秀丽，资源丰富，历史与红色文化传承为一体，生态环境优美，集绿色食品与生态保护、风景区游览、休闲观光于一体，更能满足人们对安全、营养、健康、美味的农产品的食欲需求。

榴花洞避暑山庄除了能提供美妙的视觉享受外，还可以供人娱乐休闲，尽情体验放松的愉悦。这里有清澈的水质和优良的空气，是亲朋好友休闲度假、各界人士商务洽谈会议、老年寓居、远方客人观光旅游，吐故纳新的好去处，也是切身体味农家特色菜的理想场所。

榴花洞避暑山庄以公寓式建筑设计风格为主，环境幽雅，空气清新，令人心旷神怡，是典型的当代文化式外观与田园文化风格融为一

■ 榴花洞山庄风景走廊,此处"观鱼胜过富春江"

■ 黎福根二十年前镶嵌在榴花洞山庄对面山坡上的在家乡建设与发展上定位的"设施先行、旅游带动、农工并举、共奔小康"十六字方针,栩栩如生地映入眼帘

体的游览景区。这里能让您享受大自然的轻松自如，卸掉疲惫紧张，感受大自然的秀丽风光，品香茶，尝鲜绿色美食和自养的山珍河味，是您旅游度假、休闲娱乐的好去处。

今天，看着这仍刚劲有力的"设施先行、旅游带动、农工并举、共奔小康"十六字方针，黎福根董事长饱含深情地说："昔日，大围山是革命的摇篮；如今，大围山是老区人民的聚宝盆哪。"

诚然，想当年黎福根董事长倾其全力，发挥着大围山下的资源优势，立足山下，面向山外，做活了一篇篇"山水"文章，为家乡做出了重大贡献，了却了一个个心愿。如今，仍有三大项目萦绕在他脑海之中，使他寝食难安：

一是如何让丰日储能蓄电池系列产品大批量走向国际市场，占领国际市场，特别是非洲，解决非洲国家缺电的痛点。

二是进一步做好丰田水库的规划与实施，化水害为水利，带动乡村旅游业，以利丰田村"三农"建设。

三是建设好森林康复养老社区。

目前，这三大项目正在实施和逐步完善之中。黎福根心里永远装着浏阳的发展、乡村的振兴、大地的丰收，那颗赤子之心满载家国情怀！

一、让产品大批量走向国际，让世界知道"丰日"

创业的艰辛不言而喻。41 年来，丰日集团公司专注于铅酸电池、固态锂电池、钠离子电池、电源电气成套设备等产品的研发、生产和光伏电站、储能电站的投资、建设和运维，公司以储能蓄电池技术研发生产制造为主体。其产品广泛应用于通信、电力、汽车、轨道交通、工矿企业、石油化工、风光储能、军事、船舶、金融、水利、冶金等行业。部分产品并出口应用于亚洲、拉丁美洲、欧洲、澳洲、非洲等数十个国家和地区。丰日集团公司拥有百余项专利技术，是德国西门子、日本东芝、加拿大庞巴迪、美国 GE 和 EMD 等公司的全球供应商，并以上乘的质量、合理的价格、周到的服务赢得了用户的一致好评和信赖。

为了让更多更好的丰日品牌储能系列产品走出国门，服务世界人民，黎福根董事长深谋远虑，未雨绸缪，决定扩建生产、销售、办公基地，以备世界大批量所需之时供不应求。他于 2021 年 12 月召集召开了董事会，经一致研究决定：在浏阳经济技术开发区新建丰日总部及固态锂电池、钠电池研发中试生产基地综合大楼项目，总投资 2 亿元，总建筑面积 28 000 多平方米，建设一栋研发厂房、一栋生活服务楼、一栋综合办公楼，项目于 2023 年 1 月 30 日开工建设。连日来，施工队伍和质量检测组的成员们不辞辛苦。夜以继日、加班加点奋战，于 6 月 13 日新综合办公楼喜封金顶，标志着项目建设正式进入砌体、装修阶段。

可以肯定地说，待到综合办公楼正式投入使用之后，将为职工们创造安全、舒适、方便的生产、工作环境，届时也将是丰日人大显身手、施展才能之时。同时告诉世界，丰日时刻做好了各种准备。综合办公楼的新建，说明黎福根未雨绸缪、运筹帷幄，早就以军人敏锐的眼光和独到的智慧雄心勃勃地盯住了世界市场这块蛋糕。正在黎福根左思右想如何让丰日集团公司的系列产品又好又快、大批量进入国际

■ 2023 年 6 月 13 日综合楼在声声礼炮中喜封金顶

■ 综合办公楼项目建设正进入砌体、精雕细刻的装饰装修阶段

■ 2023 年 6 月 29 日，第三届中国-非洲经贸博览会暨中非经贸合作论坛在长沙开幕

市场之际，恰逢 2023 年 6 月 29 日至 7 月 2 日，让人瞩目的"共谋发展、共享未来"的第三届中国-非洲经贸博览会在长沙召开了。丰日新综合办公楼项目犹如一粒刚播下的种子喜逢及时雨的滋润，必将结出丰硕之果。

黎福根董事长得知这一信息之时喜出望外，这真是心想事成啊！恰逢丰日新综合办公楼即将投入使用之际，又赶上这次盛会，丰日集团如果能在这次盛会上一炮打响，那么丰日的系列产品大批量走向国际市场就水到渠成了。因此，他非常重视这次盛会，亲力亲为、调兵遣将，安排总经理黎超程组织团队为博览会做好了各种准备工作。大凡辛勤劳作，必有满满收获，付出和收获通常是成正比的。

■ 在星沙非洲经贸博览会上，湖南丰日电源电气股份有限公司与 Warka 公司"埃塞俄比亚"签约了埃塞俄比亚–电力新能源项目。图为双方成员在盛会上的合影

盛会让丰日人一展风姿，为世界献上了赤子之心，一系列丰日品牌产品让世人瞩目。盛会上中非友好合作、互惠互利的场景不断出现，湘江至浏阳河之滨，博览盛会展现了蓬勃生机。来自丰日集团公司参展的丰日品牌储能蓄电池产品大放异彩，受到了海外客商的一致好评。盛会上，湖南丰日电源电气股份有限公司与 Warka 公司（埃塞俄比亚）签约了埃塞俄比亚–电力新能源项目。

同时，丰日集团与刚果民主共和国 GCHC 公司签订了友好业务合作协议。

刚果民主共和国 GCHC 公司此次访华，希望在未来凭借自己国家独特的地理位置、生态农业与矿产资源、市场潜力优势，与中国优秀

■ 刚果民主共和国 GCHC 公司与丰日集团成员在签订仪式上的合影

■ 刚果民主共和国 GCHC 公司与丰日集团公司战略合作备忘录签约仪式

的企业单位展开广泛的项目与业务合作，合作共赢，共同发展。此次签约仪式，双方希望充分发挥各自的优势，支持刚果民主共和国工业及能源基础建设领域全方位发展，携手迈向合作共赢、共同发展的新时代。

合作共赢、共谋发展，成为第三届中非经贸博览会的共识，推动中非经贸合作再上新台阶，中非将以此次经贸博览会为契机，深化双方在多领域的合作，致力于将合作推向新阶段，为世界和平繁荣和构建中非命运共同体做出贡献，开启中非合作共赢、共同发展新时代。从浏阳河到尼罗河，中国建设者助力非洲，为构建更加紧密的中非命运共同体，注入源源不断的力量。

同时，盛会极大地鼓舞了丰日人的热情和信心，为丰日注入了更多发展动力和契机，更加快了丰日抢抓国际市场的步伐。

通过互相交流切磋，进一步了解到国际化的生产标准和产品需求等各类信息，这些信息让丰日集团坚定了信念，继续发挥自身高新技术企业的优势，高标准严要求更新产品质量与产品种类，加大研发投入比重，决心打响丰日储能系统的国际影响力，以保障为中国及海外多国大型项目提供储能系统及能源产品服务。为助推非洲工业化发展，丰日集团特别成立了海外事业部及非洲发展小组，致力于为全球各国提供高品质的综合能源产品及服务，促进非洲现代化工业建设，建立互信友好、合作共赢的经贸发展关系。

这次展会让黎福根看到了世界各地对丰日储能产品及系统是信赖的，并且需求量很大，其前景很是可观！他认为，丰日集团的眼光不能局限于国内市场，要高瞻远瞩放眼世界，加大加快外贸占比的分量和步调，持续研发高科技、高质量的产品，乘着中非盛会的东风，加快开拓国际市场的步伐，抓住机遇，寻求新发展，快速占领国际市场，拓宽销售渠道，抢占先机——将产品推向国际市场，让世界知道丰日！这体现了黎福根强国复兴、勇于担当的家国情怀！

二、修建丰田水库，利在当代，功在千秋

黎福根说：几十年来，浏阳市区九成以上饮用水源于浏阳河水。近年来，随着浏阳城市发展蓝图的迅速铺展，供水质量需求越来越高，单源调蓄浏水存在严重供水安全隐患，且其水质要经过多道工序处理才能做生活饮用水。如果修建好丰田水库，那就大不相同了。因为，丰田水库坝址以上控制流域面积约 25.6 平方千米，总库容约 2800 万立方米。水库建成后，可灌溉 2800 亩，利用灌溉引水可在坝后建设一装机 2000千瓦电站，年发电量可达 600 万千瓦时，拦蓄的洪水（除去灌溉、发电），年可利用水约 4000 万立方米，是一座以防洪为主兼有小流域治理及灌溉、发电、供水等综合效益的中型水利工程。并且，水库可以保证下泄流量在下游河道安全泄量内，有较强的调洪、蓄洪及错峰能力，对下游小流域治理起着至关重要的作用。

同时，丰田水库位于湖南省四大暴雨中心的湘东暴雨中心，水旱灾害频发。特别是若遇暴雨季节，山洪暴发，将冲毁良田、道路和村庄。而已经投资近千万元修建好的丰田美丽河流域的风光带也将有毁于一旦之可能。早在 20 世纪 50 年代以来，村民就多次向上级部门呈

交了修建丰田水库的请求报告，苦于资金没有着落至今仍未启动。但修建丰田水库同样得到了上级部门的重视，已被列于《湖南省水库建设与管理规划》《湖南省浏阳市城市防洪规划》《浏阳市中长期重点水利设施布局规划》《浏阳市水资源综合规划》新建水库名录，进入长沙市、浏阳市两级"十四五"水利发展规划。

2021 年，浏阳市委、市政府特将丰田水库建设提上议事日程，同时该项目已列于 2023 年浏阳市域内其他水库的新、扩建重点建设工程计划，拟在 2023 年完成立项，2024 年开工，2025 年完工。

最让人爱慕的是，这里水的源头是从平江、浏阳界岭杉皮坳、浏阳坳下数条溪流中石缝里冒出来的泉水，清如明镜。黎福根曾经将源头的水装瓶，送往专门机构进行化验，发现此水属弱碱性，偏硅酸高，富含多种对人体有益的微量元素，很适合做饮用水。如果在丰田河上游修建一座水库，既可建造水厂生产饮用水，还可用来发电、浇灌农田和防洪泄洪。作为饮用水，其水质不比某广告满天的"山泉"差，或许比其他许多地方的矿泉水质量还要好。并且，这一切都是大自然天然的馈赠，也可利用自发电，更重要的是可解决整个浏阳市乃至长沙的饮用水问题，可见重点建设丰田水库势在必行，刻不容缓，利在当代，功在千秋！

同时，修建好丰田水库，可将已有的革命老区早期的工农红军兵工厂遗址的红色文化景点、亚洲之最的古老沧桑的高大挺拔的有着 4600 多年历史的"银杏树王"风光景点、"象形山"风景区联系在一起。此象形山胜过桂林漓江上的"象鼻山"可以与榴花洞漂流景点和水上乐园与丰田水库风光带互补为旅游景区，带动乡村旅游业的发展，使其广泛长久地造福于当地百姓和新农村三农建设。

因此，打造、建设"丰田水库"，已成为黎福根董事长为之奋斗的重要项目。到目前已有许多央企有投资意向，并且该项目已完成"地质勘探、可行性报告、环境评估到社会稳定"等手续，而且已与中国铁建集团、华夏资本签订了共同开发的意向合同。

可以肯定地说，建成后的水库每年可增加3000万立方米的供水量，将成为浏阳市的主要水源地之一，可有效缓解浏阳市水资源严重短缺对社会高质量发展造成的影响，进一步构筑起浏阳市"多渠输送、多库调蓄"饮用水调引体系，大力提升浏阳市乃至长沙市的水资源统筹调配、供水保障和战略储备能力。丰田水库建成投用后，将在城市更新与建设中发挥有效作用，把浏阳革命老区建设成为新时代社会主义现代化新城市，书写出更多老城的新故事。

三、兴建森林康养社区

黎福根董事长企业兴旺反哺乡村振兴，捐钱捐物支援家乡新农村建设，带领村民们奔小康，过上了幸福的生活。随着新农村经济的振兴和发展，新的时代又涌现出了新的课题。面对我国人口老龄化、老年人越来越多的现状，黎福根决定：在丰田这块沃土上，兴建森林康养的养生养老社区，为更多老人服务，以开设旅游景区、走亲访友的模式拉动旅游业，开创新的征程！

据有关部门统计，近年来全国外出的游客每年高达30亿人次。并且，旅游观光活动在中老年人群体中掀起了一股热潮。据报道，我国有 2 亿多老年人，是世界上老年人最多的国家，可以肯定从如今至未来的 15 年，旅游休闲产业必将成为我国国民经济发展支柱的产业之一。并且，2 亿多老年人所面临的养老问题，是全社会面临的新课题、新征程。面对老龄社会中新的市场需求，怎么把养老与旅游业有机结合起来，更好地解决我国老年人养老的问题，为家庭分忧、为子女尽孝，成了国家、社会团体当前极为关注的话题。

面对这一新课题，黎福根目睹和了解到全国各地每年到大围山避暑的人就高达上十万，并且丰田村 80 岁以上老人之多有目共睹，他立刻联想到丰田村的气候和自然环境尤其是水和空气更适合避暑和养老。于是，黎福根修建"森林康养的养生养老基地"的方案呼之欲出。这里开设了"红色文化"基地（湖南省苏维埃政府旧址丰田隔壁的"楚东村"游览区），还有"象形山"风景区，此山及上文叙述过的几处风光带与森林康养的养生养老社区形成互补，与这种走亲访友式的中国旅游业与养老业这一美好创意有机结合起来。黎福根致力于养老服务，做大"夕阳事业"，做强朝阳产业，这种采用旅游业反哺养老业适合国情的养老发展模式，既能给老人带来福音，也能给养老服务业的发展带来契机。目前，森林康养的养生养老社区的设计方案也已出台。

黎福根的这一创意，相信将会很好地将养老业与旅游业有机结合在一起。

同时，森林康养的养生养老社区将以自己的文化、礼仪、医疗保健、专业护理和志愿者等，为老人提供更合理的服务，还能安置部分

■ 美国考察团一行来丰日集团进行考察，图为考察团成员在生产车间与员工们进行交谈，切磋交流

村民的就业问题，会产生更多加积极深远的影响。

黎福根说："心有家国，服务社会，作为一个企业家，我觉得应该承担社会责任，在能力范围之内去做一些对社会有益的事情。"我们都要永远本着对社会做贡献的原则来做人做事，这是每个人都应该有的家国情怀。

因此，黎福根创业成功后并没有忘记回报家乡的初心，一直在持续用心、用情、用力支持和帮助丰田村振兴经济事业，为实现丰田村农业更强、农村更美、农民更富的"三农"愿景而努力奋斗。

在黎福根的带领和努力下，当初那个一穷二白的丰田村早已不见了踪影，当初的贫困村如今被评为"湖南省生态村""湖南省旅游名村""长沙市新农村百村示范村"。

黎福根创办企业的初衷就是造福丰田，让父老乡亲都过上幸福美满的日子。经过几十年的努力拼搏，他现在可以颇为自豪地告诉大家，这个愿望不但实现了，而且比原来想象的还要好。黎福根认为，昔日的初心理想已经实现，但是人的追求是永无止境的。把丰田村建设成为全国生态村、小康示范村，全体丰田人还须再接再厉，努力奋斗，砥砺前行，再创时代新辉煌！

黎福根说：回首过去，我们思绪纷飞，感慨万千；立足今日，我们建立健全了安全生产、环境保护、能源问题处理责任制；结合国内外先进营销方式，用现代数字化建立健全了服务体系责任机制；建立了相互信任、忠诚、双赢的、共同发展的客户管理体系档案；建立了新产品发展和信息反馈系统信息库、同类企业动态管理库，以便随时了解和掌握市场动态，根据市场需求及时调整企业的战略决策和管理方案，迅速开发新产品，快速占领国际市场。

昨天，我们已创造了辉煌；明天，还有很长的路要走，任务更加艰巨。丰日集团的发展寄希望于全体员工的和衷共济，同甘共苦，荣辱与共，不辱使命，奋勇拼搏，早日将研制成功的固态锂电池、钠离子电池及风光储能系统投入批量生产，更好地服务于全世界人民！在党和政府的领导下，我们团结在改革开放、强国复兴的旗帜下，与时俱进，开拓创新，用心血，用智慧，用爱心，把丰日集团描绘得更加绚丽多彩，谱写出灿烂辉煌的新乐章，丰日的明天会更加美好！我们充满信心，时刻准备着勇往直前。

后记

九万里风鹏正举

王圆夫

　　从强国复兴之路的决策中，我们欣喜地看到改革开放给新中国带来了巨大的变化，看到中国人民在改革开放中的奉献精神和开拓精神；尤其是全国的新农村在这场伟大的变革中脱贫致富，新农民脱胎换骨，过上了小康生活。新篇章的开始，全国人民表现出来的奋勇争先的豪情壮志，让我们强烈地感受到：中国，强国复兴的伟大决策风鹏正举，风靡全球，任重道远！

　　位于革命老区浏阳的丰日电气集团股份有限公司，在伟大强国复兴的路上，铆足了劲儿，焕发新的活力，历经奋力拼搏，取得了辉煌的成果：免维护密封铅酸蓄电池的成功研制，红薯宝饮品的研制，填补了国际、国内空白，为中国的蓄电池、饮品业界的科研做出了巨大贡献，发挥了不可替代的作用。

　　为了展示和比较全面地反映民营企业在这场强国复兴伟大决策中所

做出的贡献、总结和推广其先进经验，进一步推动我国强国复兴改革开放的进行，我们特编辑出版了《大围山下》这部报告文学著作。报告文学《大围山下》，从不同的侧面和角度，生动而形象地记叙和描绘了丰田村村民们在共产党员、退伍军人黎福根的带领下，在强国复兴伟大决策中脱贫致富、自强不息、开拓进取的感人事迹。时代提醒我们，应该把这多彩多姿的盛世风采记录下来，以激励当代，昭示后人。

《大围山下》这部著作所反映的民营企业是强国复兴奋进中的一个缩影，是成千上万民营企业中的一家，具有一定的代表性。

但由于作者时间紧迫或疏漏，有的人物没能及时采访，加上各方面的知识和能力均有欠缺，所以本书可能存在这样或那样的不足，恳请大家谅解，并予以批评指正。同时，报告文学《大围山下》的写作，在

■ 西湖山上俯瞰浏阳城

文笔和遣词造句等方面尽管不是尽善尽美，或许有些粗糙和瑕疵，但都高扬着改革向上的主旋律，读来仍让人荡气回肠，精神为之振奋。

本书的采编工作，得到了浏阳市委、市政府及各部门，以及镇委、镇政府、村两委各级领导的大力支持和帮助，在此我们深表感谢！本书的出版发行，除了采编人员的辛勤工作外，也凝聚了广大浏阳人的热忱和关怀！我们也渴望这本著作能对浏阳的发展起到一定的积极促进作用！

作者刘运华前后历时长达一年半，劳神费力创作了《大围山下》这部著作，但因文章内容欠缺等原因差点导致无法出版。无奈之下，经《大围山下》丰日电气集团股份有限公司黎福根董事长和公司高层领导研究决定：《大围山下》推迟出版，并一致同意重新组织人马，对《大围山下》一书进行重新组稿创作！同时，成立编辑小组，由李虎、王圆夫、欧建龙三人组成。

编辑小组不辞辛苦，深入丰日电气集团股份有限公司实地采访，掌握了大量第一手素材资料。编辑小组不辱使命，经过半年多时间的奋笔疾书，一部崭新的把握时代脉搏的报告文学《大围山下》呈现在读者的面前。新的《大围山下》得到了黎福根董事长的认可，以及该公司熟悉详情的高层领导的认可，在此深表感谢！感谢黎福根董事长的不辞辛苦的讲述和提供的各类资料！同时，特别感谢孔新年秘书提供了大量珍藏图片、资料并认真仔细参与校对，感谢丰日公众号提供的图文资料！感谢戴榕老师提供的摄影照片。总之，在大家的共同努力之下，《大围山下》这部著作终于出版问世了。在此再次表示衷心的感谢：大家辛苦了！